長編官能ロマン

柔肌まつり

「柔肌いじり」改題

藍川 京

祥伝社文庫

目次

プロローグ

1

由良学人《ゆらがくと》、三十七歳。失業中で妻子あり。失業保険もそろそろ切れる。崖っぷちだ。しかし、ハローワークを覗《のぞ》いて、またも落胆した。

溜息をつきながら歩いていると、すらりとしたふくらはぎと、キュッと引き締まった足首が目に入った。膝の隠れるスカート丈だが、あまりに魅惑的な足元だ。

視線を上げると、女の横顔が、またも学人を興奮させた。

スッと通った鼻梁《びりょう》。その鼻から唇、顎《あご》にかけての文句のつけようのないやさしい線。ほっそりした首筋。歳のころ三十前半だろうか。

艶やかな黒髪を小さく束ねている女の横顔を見つめた学人は、正面から女を眺めたい衝動に駆られた。

そのとき、女が首をまわし、学人を見つめた。眉目秀麗《びもくしゅうれい》という言葉は、この女のためにあるのではないか。高鳴る鼓動が女の耳に届きそうで、学人は慌てた。

「興味がおあり？」

涼しげな女の声に、学人の躰《からだ》が火照《ほて》った。こんないい女に興味を示さない男などいるはずがない。

「お仕事、お探しなの？」

なぜそんなことを知っているのかと、学人は戸惑《とまど》った。

「これをすぐに見て下さる方がいらっしゃるなんて思わなかったわ」

そう言われて初めて、女が販売スタッフ募集の貼り紙をしていたのに気づいた。

〈意欲ある方。健康食品販売。年齢不問。詳細面談。元気堂〉

女が最初に、興味がおあり？　と言ったのは仕事のことだったのだ。

「元気堂の方ですか？」

「ええ、責任者です」

「社長さんじゃありませんよね……？」

「社長です」

それを聞いたとたん、給料のことなど念頭から吹き飛び、何が何でもここに就職したいと、強烈な思いに駆り立てられた。

女の総身から放たれている強力な磁石に惹《ひ》きつけられた以上、もはや逃れられない。

会社が倒産して、失業保険も切れそうで、妻子もいてマンションのローンもあり、ここに就職できなければ首をくくらなければならないと、泣きを入れようと思ったが、直前に言葉を呑み込んだ。

そんな惨《みじ》めったらしいことを言ってはマイナスだ。元気堂という社名、健康食品販売ということから考えても、潑剌《はつらつ》としていなければならない。元気さこそが採用条件ではないのか。

「僕は健康食品にはおおいに興味があるんです。元気堂という社名が気に入りましたし、それを見た瞬間、ここが次の職場だと閃《ひらめ》いたんです」

精いっぱい胸を張って言ったものの、女の視線の眩《まぶ》しさに、学人は震えそうになった。

「まあ、健康食品に興味がおありだったの。これを貼った瞬間にそういう方と巡り合うなんて、ご縁があるのかもしれないわね。じゃあ、ともかく、お話をしましょうか」

縁があるのかもしれないと言われたことで、かつてない手応えを感じた。何としても、この美人社長の下で仕事がしたい。

テナントビルの二階の事務所に通された。さほど広くないが、青々とした観葉植物があちこちに置かれ、空気が澄んでいる。

「他の者は出払っているの。事務の子はもうじき戻ってくるわ」

「由良学人です。営業の経験はありませんが、ぜひやってみたいと思っていました」

「いいお名前ね。私、絹塚彩音《きぬづかあやね》と申します」

ソファに座ると名刺を差し出され、その名前にも惚れ惚れした。

「うちは通販はしないの。全国訪問販売形式で、お客様とお話しして、品物を必要とされる方に、確実にお渡しするの。それが、亡くなった夫の信条でしたし」

「未亡人なんですか！」

思わず声が大きくなった。

「ええ。三年前から」

「まだお若いし美人だから、あちこちから、いいお話があるんでしょうね……」

未来の彩音の再婚相手に嫉妬《しっと》した。妻の明子《あきこ》がポックリいかないかと思ってしまったが、まちがいなく学人より長生きしそうだ。

「来年は五十なの。若くなんかないわ。先日、四十九歳になったの」

「まさか！　そんなご冗談を……」

「ほんとよ」

ここで扱っている健康食品のせいで十歳以上若く見えるのだろうか。学人は狐に抓《つま》れたような気がした。三十前半位かと思った最初の感じは、今も変わらない。こんな若々しい女となら、ひとまわり年上とわかってても愛し合ってみたい。

「出張は大丈夫なの？」

「もちろんです」

彩音のためなら、どこにでも行くぞという気になってきた。

「最初に、簡単に販売品の説明をしてみるわね。ストレス社会でセックスがだめになっている人が多いでしょう？　それを元に戻して、明るい毎日を過ごしてもらうのが元気堂の務めだと思っているの」

上品な彩音の唇からセックスという言葉が出ただけで、股間のものがムックリ起きあがった。

「この仕事、あまりかっこいい男性には向かないの。ご婦人には恥ずかしがられるでしょうし、殿方には敬遠されるでしょうし。だから、あなたはその点も合格なの」

けなされたような誉められたような、複雑な心境だ。

「殿方とご婦人用と両方あるの。この〈濡れめしべ〉というのはご婦人用。歳とってくると、セックスのとき、アソコが濡れにくくなるの。それで結合時の痛みでセックスが苦痛になって、夫婦の営みから疎遠になっていったりすることもあるの」

〈濡れめしべ〉と書いた箱を出されると、学人の肉茎は、さらにムクムクと成長した。

彩音は人前で性のことなど口にするような女には見えない。仕事上の話だからとはいえ、それでもインパクトが強すぎた。

「これをセックス前に、ご婦人がアソコに塗り込めると、愛液がたっぷりと出てくるの。本当は相手の殿方が塗り込めてさしあげるほうが、夫婦和合のためにはいいと思うわ。販売するときは、そういう説明もしてあげるほうがいいわね」

ぬらぬらしている唇から出てくる妖しい言葉に、学人は美人社長を押し倒したくなった。

彩音はさりげなく自分を誘っているのではないか。未亡人として性に飢えているのではないか……。

学人はそんな気がして、息苦しくなった。

「こちらは〈珍辰《ちんたつ》〉。殿方の勃起力増強の漢方薬なの」

チンタツという響きに、学人のペニスの先からカウパー氏腺液がしたたった。

2

恐るべき美しさと若さを保っている元気堂社長の彩音を前にしているだけで、ムラムラしてくる。

精力増強剤の説明が始まり、〈濡れめしべ〉は婦人の秘部に塗り込めるものだと、楚々《そそ》とした唇から出てきたことで、学人は社長を犯したくなっていた。

次に、男性用の〈珍辰〉という名前を聞き、ますます彩音を押し倒したくなった。三年前から未亡人だと聞けば、なおさらだ。

「この〈珍辰〉は、殿方のものが硬度を増して持続力もアップすると評判なの。うちの製品はちょっとした気休めの栄養剤なんかじゃないの。中国四千年の歴史ある漢方薬や、チベットの奥地でしか手に入らない珍しい薬草を煎じて作られたもので、数ある精力増強剤でも一、二を争うものでしょうね」

「それなら、広告でも出せば、すぐに多くの客が殺到するんじゃないですか？」

そう言った後で、学人はそうなれば販売員など不必要になるじゃないかと、失言を後悔した。

「高価で大量生産できない貴重なものだけに、相手の顔がわからないままにお売りしたくないの。あくまでも男と女の幸福のために使ってほしいから、丁寧《ていねい》な販売をしたいの。単に儲けるためじゃなく、うちの商品によって、お求めになった方に確実に幸せになっていただきたいの。丁寧にお売りすれば、お礼の手紙もたくさんいただけるわ」

彩音はテーブルの上に載っている手紙の束を差し出した。

「この方は六十六歳の男性。奥様を亡くされて再婚したものの、今度の奥様は自分の半分の歳の三十三歳。いちばん熟れている女の盛りなのに満足させてあげられなくて、すぐに若い男性と浮気されてしまったらしいの。そんなとき、うちの〈魔羅不思議《まらふしぎ》〉と出合って、それからは若い奥様はこの人に夢中になって、他の人には見向きもしなくなったってことよ」

「マラフシギって何ですか……？」

またも怪しげな名前が出てきたことで、学人は口にたまった唾液を呑み込んだ。

「勃起不全に陥った人でも、短時間なら勃起できる漢方薬。でも、それを使いながら、こちらの〈赤天狗《あかてんぐ》〉を毎日服用していけば、個人差はあるけど、不能は治るわ」

赤天狗の鼻がグイッと伸び、その先が心なしかふくらんでいる絵のついた箱を見て、学人はまたも発情した。

事務所には誰もいない。彩音を押し倒して合体したい。〈濡れめしべ〉〈珍辰〉〈魔羅不思議〉〈赤天狗〉などを次々に並べて説明されてしまうと、平常心でいられるはずがない。

もしかして、俺は社長に試されているんじゃないのか……？

これだけのものを前にして興奮もしない男では、営業は任せられないとか……。

だけど、興奮しているからといって社長に襲いかかったら、堪《こら》え性のないスケベ男として、すぐに追い出されるかもしれないな……。

学人は迷った。迷っていても股間は疼《うず》く。今すぐに彩音のアソコにいきり立っているものを挿入したい。しかし、彩音を押し倒したい気持ちはあっても、実際に実行する勇気はない。

黒いセーターを押しているツンと漲《みなぎ》った彩音の胸のふくらみ。無駄な肉などついていないとわかるウエストあたり。その下方に漆黒の翳《かげ》りを載せた肉のマンジュウがあって、真ん中をパックリ割れば、二枚の桜色の花びらがひっそりと咲いているだろう。その内側では、パールピンクにぬめ光る粘膜が輝いているはずだ。

「どうなさったの？」

「えっ？」

彩音の秘部を想像していた学人は、我に返って汗ばんだ。

「うちの製品を疑ってらっしゃるんじゃないの？　当然かもしれないけど」

「まさか。いえ、そんな……」

「さっきも言ったように、この仕事にあまりいい男性は向かないの。あなたは平均的でいいし、健康そうだし、身元が間違いないとわかれば、雇ってもいいと考えているの」

「本当ですか！　地の果てまで売り歩く覚悟です！　男と女の幸せのために、身を粉《こ》にして働く覚悟はできています！」

職につけることより、彩音の部下になれる喜びのほうが大きい。もう一歩だ。

天にも昇る心地とはこういうことを言うのだと、学人は実感した。

「商品を信じて愛してもらわないと、お客様に売ることなんかできないわ。だから、全部を試してもらって、納得がいったら販売してもらうことになるわ。本当は、ここにあるものを試すのは怖いんじゃない？　正直に言ってちょうだい」

試してもらうと言われ、これから強壮剤を飲んで鼻血が出るほど興奮したところで、彩音と交われるのだと、学人はベッドの上の光景を想像した。

「今すぐに飲みます。僕は社長を信じています。ここの製品も信じています。試すのが怖いだなんて、とんでもないです。全部いっしょに飲んでみましょうか」

彩音が呆《あき》れた顔をした。

「薬も飲みすぎると毒になるわ。ここのものを全部いっしょに飲んだら、完全に不能になるかもしれないわ」

ギョッとした学人を見つめ、彩音が魅惑的な唇に白い手を当てて、クスッと笑った。

「不能になると言ったのは嘘。でも、そんな怖いことをしちゃダメよ。何でも適量。そんなこと、常識でしょう？」

「わかってます。いかに社長とここの製品を信用しているかを強調したかっただけですから」

非常識な男と思われたら、雇用されないかもしれない。学人は平静を装って返した。

「全部ひとつずつ試します。だけど、〈濡れめしべ〉は試さなくていいわけですよね……」

彩音は試しているはずだ。そう思うと、秘芯にほっそりした指先で媚薬を塗り込めている姿が脳裏に浮かび、またも肉茎が疼いた。

「あなたの奥様はまだお若いでしょうから、これを使う必要はないんでしょうね。でも、濡れるっていうだけじゃなくて、性感も高まるの。今夜にでも奥様に試してみる？」

　そんなものを妻に試すのはもったいない。彩音に試してみたい。

「社長は……試されたんですか？」

「ええ。経営者として当然だもの」

「それで？」

　学人はテーブルから身を乗り出した。

「妖しい気分になって、幸せな気分になって、躰が燃えるように火照って、とうとう朝まで亡き夫と……」

　彩音の耳たぶがポッと染まった。

3

「寝ないで朝までですか！」

　女壺が濡れ、なおかつ感度がよくなるという〈濡れめしべ〉を使って、亡き夫と朝まで燃えたという美人社長彩音の言葉に、学人の鼻息が荒くなった。

「夫は私より二十も年上だったから、〈珍辰〉も使ったの。いっしょに使うと大変なの……」

耳たぶだけでなく、瞼《まぶた》も、うっすらと染まっている。まるで、ひと昔前のウブな女学生のようだ。美人だけに恥じらいを含んだ表情は逸品だ。

「〈濡れめしべ〉と〈珍辰〉をいっしょに使うと、どうなるんですか」

ここまで聞けば、後を知りたくなるのは当然だ。たとえ相手が夫でも、セックスしている彩音を思い浮かべるだけで嫉妬してしまう。それでも知りたい。

「入口が疼いてきて、そのうち、トクトクッと脈打ってきたような気がしたの。夫のものは〈珍辰〉のせいで、いくら頑張っても萎えないし、私のアソコが擦り切れるんじゃないかと思ったんだけど、シーツに大きなシミができるほど濡れてくるし……」

そこまで話した彩音が、ハッとして口をつぐんだ。

「あなたが〈濡れめしべ〉を使ったことがあるかなんて尋ねるから……」

うつむいた彩音はやけに可愛い。

「自社製品を使って恥ずかしいなんて思わないで下さい。商品のことはできるだけ詳しく知っておかないと、お客様に勧められないじゃありませんか」

彩音に対する好奇心とスケベ心から尋ねていると悟られてはならない。

「話を聞くのと、実際に自分の目で確かめてみるのとではちがうものよ。すぐにでもあなたの目で確かめてもらって、それをお客様に伝えてほしいの。それが、心のこもった本当のビジネスというものでしょう？」

学人の全身の血液は、瞬時に股間に集まった。

（社長は、〈濡れめしべ〉を塗ったアソコを見せてくれるつもりだ！）

彩音の下腹部の翳りやピンク色の粘膜を見られると思うと、息苦しくなるほど興奮する。

「だから、ぜひ今晩、奥様と試してみて。〈珍辰〉といっしょに使うとどうなるかも試してみるといいわ。テスト用に、すべてのものを提供してさしあげます」

天国から地獄に真っ逆様だ。そりゃないよと、学人は情けなかった。

妻の明子は息子を産んでから、たっぷりと贅肉《ぜいにく》もついてきて、結婚当初のほっそりした体型など面影もない。

学人が疲れていても、自分がその気になったときはおかまいなく求めてきて、断りでもすれば、数日、機嫌が悪い。苦行苦行……と内心呟きながら、その気がなくても求められれば夫としての務めを果たしてきた。

〈濡れめしべ〉を使って妻にその味を覚えられ、毎日求められたりしたらかなわない。

「仕事とプライベートは別に考えたいですし、妻と試すというのはどうも……」

「それなら、公私混同しないという約束で、ある人と試してもらってもいいのよ」

ある人？　彩音ではないということか。今の学人は他の女には興味がない。彩音が〈濡れめしべ〉を塗り込めてくれないなら、がっかりだ。

そこへ、艶やかなロングヘアの女が入ってきた。

頭が小さく、目鼻立ちがはっきりしていて、まるでスーパーモデルのようだ。

緊張した学人の背筋が伸びた。

「社員の青島涼子《あおしまりょうこ》さんよ。まだ三十二歳なのに、私と同じころ旦那様を亡くして意気消沈してたの。だけど、今ではうちに勤めていることを誇りに、生き生きと働いてくれてるの。こちら、由良学人さん。うちで働きたいと言ってくれてるの」

涼子は二十代にしか見えない。

彩音も涼子も、元気堂の秘密兵器、若返りの薬でも飲んでいるのではないか。

「あの……ここには目の玉が飛び出るほど高価な不老不死の薬があるんじゃないですか？」

「いくら何でも、それはないわ。どうして？」

「おふたりとも信じられないほど若すぎて……」

ふたりがクフッと笑った。

「うちの製品を使うと気持ちがハッピィになって、肉体も若くなるのよ。悩んでいると心が暗くなって老け込むけど、幸せだったら生き生きとしてくるでしょう？　そういう単純なことよ」

　そう言われても、それほど単純に若返れるとは思えない。

「涼子さん、写真、見せてあげて」

　彩音の指示で、涼子がファイルされた写真を広げた。

　元気堂の商品に巡り合う前と以後の、何人かの顧客の顔写真だ。

「比べてみて」

　使用前と使用後と、唖然とするほど客達は若返っている。写した日付が逆になっているのではないかと思えるほどだ。

　五歳から十歳、中には、もっと若々しくなっている者もいる。

「あなたも仕事に精出していれば、そうね、せいぜい三十そこそこに見られるようになるんじゃないかしら。ご希望なら、今から涼子さんと製品を試してもらってもいいわ。奥様と試すのがおいやなら」

　学人は耳を疑った。

「〈濡れめしべ〉の威力を知りたいんでしょう？　他の製品もかしら」

「どこで確かめるんですか……」

　溜まった唾液を呑み込みながら、学人は荒い息をこぼした。

「上にある別の部屋で。そこでは性の悩み相談室をひらいているの」

スーパーモデルのような涼子が〈濡れめしべ〉を試してくれるのなら、文句はない。こんなにラッキーなことが次々と起こっていいのだろうか。

この半年の職探しの苦労さえ、きょう一日で報われるような気がする。

「年間売り上げナンバーワンの人には、ほんの心ばかりのご褒美として、温泉つきの老舗《しにせ》旅館で、ゆっくりと一泊の旅を楽しんでいただくわ」

「社長とふたりきりでね」

彩音の言葉の後で、涼子がクフッと笑った。

「社長とふたりきりで……ですか」

衝撃的なことばかり聞かされ、学人の心臓は今にも破裂しそうだ。

「いやなら奥様や恋人と行ってもいいのよ」

「とんでもない！　社長と温泉に行けるなんて光栄です！」

自分以外の者が社長と旅行することなど考えられない学人は、彩音との一夜を思い、震えるほど興奮した。

「みんな社長と旅行がしたいらしくて頑張ってるんだけど、今までのナンバーワンは、ずっと女性よ」

涼子が苦笑した。

（他の男と行かれてたまるか！）

闘争本能が湧き上がってくる。

「じゃあ、上に行きましょうか」

涼子に促されると、すでに勃起していたペニスが、クイクイとひくついた。

第1章　未亡人の淫行レッスン

1

〈絹塚相談室〉と看板のかかった三階の事務所は、手前にデスクが置かれている。だが、奥の部屋を開けると、ホテルと見まがいそうなベッドルームだ。

どうやらバスルームなども完備されているらしい。

キャビネットに並んでいるのは元気堂の製品だろう。白い胡蝶蘭《こちょうらん》の鉢植えが置いてあるだけで清潔な感じがする。だが、学人は部屋の雰囲気とは裏腹に、セックスをしたいというオスの欲望だけに支配されていた。

(早まるな。ほんの一瞬の失敗が、仕事も美人社長も、目の前の女も逃すことになるんだぞ)

胸を喘《あえ》がせながらも、学人は必死に獣性と闘っていた。

涼子がベッドカバーを外すと、薄いピンク色のシーツが敷かれている。それを見ると、さらにクラクラした。

「はい、〈濡れめしべ〉。私のアソコに塗ってちょうだい。ご夫婦で購入を決められたときは、殿方がやさしく塗り込めてあげるようにとアドバイスしてね。旦那様の指で塗り込めてもらうと嬉しいけど恥ずかしくて、それでお互いに燃えることにもなるし、素敵な前戯にもなるのよ」

小瓶を渡されると、ますます息が荒くなった。

「シャワーを浴びてきたほうがいいかしら」

「いや、すぐに試してみよう」

涼子がバスルームらしいドアを開けようとしたので、学人は慌てて止めた。涼子があまりに美しいので、その体臭まで嗅いでみたいと思った破廉恥《はれんち》な気持ちに気づかれただろうかと、腋下に冷や汗が滲んだ。

それを悟られないように、

「本当にいいのかな……きみに試してもらって」

精いっぱい冷静を装って尋ねた。

「社長は人を見る目があるの。霊感が備わってるのかもしれないわね。社長公認の人なら問題ないわ。これは講習の一環なの。それはわかるでしょう？」

「もちろん……」

講習と思えと言うほうが無理だ。それでも学人は頷《うなず》いた。

ベッドサイドで背中を向けて服を脱ぎ始めた涼子を、学人はまばたきもしないで見つめた。

セーターとスカートの下から、ワイン色のレースのインナーが現れたとき、学人はもう少しで理性を忘れて突進しそうになった。

涼子はそれからベッドに上がると、やはり背を向けてインナーのすべてを脱ぎ捨てた。

ショーツが足首から抜けたとき、空気が薄くなったと思えるほど学人は息苦しくなった。

「私、少し濃いの……嫌いじゃない？」

肩越しに振り向いた涼子の目は濡れているようだ。

かすかにひらいた唇も、さっきより紅く見える。肌は白く、くびれた腰から捻《ひね》り出された豊かな尻肉は色っぽすぎる。

ほっそりとしていると思ったが、着やせするタイプらしい。服を着ていたときより魅惑的だ。

「どうなの？」

「えっ？」

「だから、濃いのは嫌い？」

「は？」

「いやあね。アソコのヘアのこと。ちゃんとカットしてるけど」

ただでさえ冷静ではいられないというのに、ますます頭が混乱してきた。

涼子に襲いかからないようにと、学人は足裏をしっかりと床につけて踏ん張っていた。

「あんまり薄いより、濃いめがいいかな……」

濃かろうと薄かろうとツルツルだろうと、そんなことはどうでもいい。〈濡れめしべ〉の威力を見せてもらえるだけでなく、涼子の女の部分まで見られるというのだ。ありがたすぎて拝みたくなる。

「服を着たままなの？　由良さんも裸になって何か試してみたら？　ここには元気堂のすべての商品が置いてあるの。でも、まず〈濡れめしべ〉の威力を知りたいんだったわね。塗ってみて」

学人は服を脱ぐ時間も惜しかった。

〈濡れめしべ〉を小瓶から掬《すく》い取った。指先が震えた。

「社長公認だし、講習の一環とわかっていても、会ったばかりの人にアソコを見せるのは、やっぱり恥ずかしいわね……」

仰向けになった涼子は、シルクのようにきめ細かな太腿《ふともも》を九十度に広げながら、小さな声で言った。

学人は形のいい涼子の乳房など、ほんの一瞬目にしただけで、太腿がひらき始めたときから、足の付け根にだけ視線を集中させていた。

ほっくらと盛り上がった肉マンジュウに生えた漆黒《しっこく》の翳りが、つやつやと輝いている。妻以外の女のソコを見るのは久しぶりだ。失職したこの半年、風俗にも通っていない。

心変わりされて脚を閉じられないうちにと、学人は涼子の秘園に近づいた。

脚をひらいているというのに、肉マンジュウは閉じぎみで、花びらの尾根がわずかに見えているだけだ。肉サヤの中のピンクの宝石など見えもしない。

「濡れめしべは中まで塗り込めてもいいし、入口だけでもいいの。クリトリスや花びらだけにちょっと使ってもいいのよ」

「中が……見えないんだ……その……まだ花びらなんかが閉じてるし」

肉のマメにも触りたいし、花びらにも触りたい。むろん、女壺の中にも指を押し込みたい。しかし、その前に、ワレメはワレメとしてひらいてもらわなければ作業が遂行できない。あくまでもこれは講習で、ラブホテルに来ているカップルではないだけに、学人の手でそこをグイッとひらくのも憚《はばか》られる。

「これでいい……？」

涼子は自分の手で肉のマンジュウを大きくくつろげた。すると、花びらもいっしょに左右に分かれていった。

　学人は危うく声を上げそうになった。

　形のいい小振りのサーモンピンクの花びらの内側は、すでにぬめっている。閉じていたのが不思議なくらいだ。

　パールピンクの粘膜の輝きは真珠の輝きより美しい。透明感のある粘膜は、まだ使ったことがない器官のようだ。細長い肉の帽子から、ほんのわずかだけチラリと顔を覗かせているクリトリスは、まるで恥じらいに身をひそめているようだ。

「そんなに……見ないで」

　掠《かす》れたような声で言った涼子の腰がもじついた。

「濡れているココにも〈濡れめしべ〉を塗っていいのかな……」

「乾いてなくてごめんなさい……でも、性感を高める作用もあるから、濡れていても塗っていいのよ」

　うわずった声だ。

　講習の一環と言いながら、涼子も興奮している。

　学人は右手の人差し指の指先を、ぬら光る粘膜に近づけた。

学人が〈濡れめしべ〉を花びらに塗ろうか、クリトリスに塗ろうかと迷ったのは、ほんの一瞬だった。全裸の涼子がみずから白い太腿をひらき、両手で肉のマンジュウまで大きくくつろげてくれているからには、外側の器官に触れるより誘惑的な秘口に挿入して塗り込めたい。

2

震える右の人差し指を、輝いている秘口に、そっと押し込んだ。

「あう」

涼子の切なそうな喘ぎに、学人の肉茎もヒクッと反応した。

女壺の中は燃えているように熱い。

学人は〈濡れめしべ〉を塗り込めるために指を挿入したことなど忘れ、奥の奥まで進むことしか考えなかった。

周囲の肉ヒダはやわやわとしているが、指一本入れるのにも抵抗がある。柔らかさと、ほどよい締まりが心地よい。

指をくねらせながら第二関節を沈め、根本まで押し込んだ。

「あはあ……いい……奥にも周囲にも、丁寧《ていねい》に塗り込んで」

色っぽい声で言った涼子は、催促するように腰を突き出した。

「この辺か……こっちもか」

「あう、そう、そこよ……もっと左も……あは……奥も」

いったい何をしているのだろうと、学人は鼻血が噴き出すのではないかと思うほど興奮している中で考えた。

〈濡れめしべ〉の威力をこの目で見るためだ……いや、そんなものをわざわざ塗らなくても、最初から感じてるじゃないか。誘ってるんだ。アレをしたくてたまらないんだ。三十二歳で未亡人なんだからな、そりゃあしたいさ……してやるか……いや、まずい……いや……〉

考えるだけで股間の肉茎が痛む。すぐさま挿入したい。涼子の秘壺はどんなに気持ちがいいだろう。

ゆだりそうな指先で女壺のあちこちをいじりまわしては、押し込んだり引いたりした。すると、チュプチュプッと破廉恥《はれんち》な音がしはじめた。

指を出し入れするたびに、ぬめついた蜜が汲み出され、会陰《えいん》をしたたっていく。元々濡れる体質なのか、〈濡れめしべ〉が早くも効いてきたのかわからない。学人にはそんなことはどうでもよかった。ただ涼子と交わりたいという欲求しかなかった。

「あはあ……ああ……いい」

耳をくすぐる涼子の喘ぎ、くねっくねっと妖しく動く豊臀、シーツを濡らしはじめている透明な蜜液のしたたり……。

我慢できない。学人は指を抜いた。

「あ……」

涼子が気の抜けたような声を出した。

襲いかかろうと思っていた学人は、これで魅惑の再就職が取り消しになってはいけないと、すんでのところで獣の行為をとどまった。だが、そうなると、ふたたび指を挿入するのも不自然だ。簡単に抜かなければよかったと後悔した。

「由良さんも何か試してみなくちゃ。ね……いろいろ試してみるほうがいいわ」

女壺が疼くのか、涼子の尻はもじつくようにくねり続けている。秘芯の濡れ具合を見せているつもりか、太腿を広げたまま、ねっとりとした女の器官をさらけ出しているだけに、何とも猥褻な光景だ。

これでもか、これでもかと、オスを誘っているように見える。

「ねえ、どのくらいもつの……？」

「えっ？」

「勃起力」

学人は困惑の色を浮かべた。

セックスは好きだが、そう長くはもたない。妻を相手にすると、さっさとイキたくなる。

涼子が相手なら、妻以上はもつだろうが、指を入れた感じでは締まりがよさそうだ。肉ヒダの感触もよかった。名器なら、挿入しただけで、アッという間に射精してしまうかもしれない。しかし、男の見栄で、せいぜい三十分と言ってみたい。

「早漏じゃないでしょう？　言いたくないなら言わなくてもいいけど、〈珍辰《ちんたつ》〉でも飲んで、どれだけ長持ちするか確かめてみたら？　ねえ……私をこのままにしておく気？　オユビを奥まで入れて、〈濡れめしべ〉をたっぷりと塗り込めたくせに、見てるだけなんて酷《むご》い人ね……ああ、たまらないわ」

涼子の言葉に喉がゴクリと鳴った。

「シテもいいのか……？」

「しないで殿方の製品の効き目がわかるはずないじゃないの？　奥様と試すつもり？」

「とんでもない！」

学人は即座に否定した。

「三十分ぐらいもたせる製品はあるのか……」

「たった三十分？　夜中から朝までもつ商品だってあるわ」

たった三十分と言われ、学人はめげそうになった。三十分も抜かずに抽送を続けられたことはない。

「バイアグラか」

「いいえ。心臓に負担をかけるようなものじゃないわ。ともかく、早く〈珍辰〉でも飲んでちょうだい。すぐに効いてくるから。でも……」

相変わらず尻をくねらせながら、涼子は学人の股間を見つめた。

「もうおっきくなってるみたいだから、そのままの状態が軽く二、三時間は続くはずよ。もっとかもしれないわ」

「二、三時間！」

驚いた学人は、ふだんの自分の何十倍の長さだろうと計算しようとしたが、興奮しすぎて簡単な割り算さえできなかった。

そばにあったドリンク剤の〈珍辰〉を、学人はすぐさま飲み干した。即効性があるとは思えないが、さらにムラムラとしてきたような気もする。

「これは講習の一環とわかってるけど……」

もう一度確かめておかなければ、いきなりほっぺたでも叩かれてはかなわない。

「わかってるけどなあに？　あう……たまらないわ……もうアソコがグチャグチャの感じ」

涼子が切なそうな目を向けた。

「入れる前に前戯をやらなくちゃまずいだろう？」

「ばかね……こんなに濡れてるのに……早くお洋服なんか脱いでよ……でないと、自分でやっちゃうから」

「オナニーするのか……」

学人はネクタイをゆるめながら、挿入もしたいが、オナニーも見たいと思った。以前から女が自分で気をやるところを見たかった。それも美女でなければ意味がない。涼子のオナニーなら、金を出してでも見たい。

「もうだめよ。あなたが裸になるまで待てないわ」

涼子はくるっと横を向きベッド脇のナイトテーブルの抽斗《ひきだし》を開けた。

「お……」

ペニスの形をした黒い大人のオモチャが、ずらりと並んでいる。

涼子は学人の肉茎より太いオモチャを手に取ると、即座に秘園に持っていった。

3

秘壺が大洪水になっている涼子は学人が服を脱ぐのも待ちきれず、黒いグロテスクな男形を、ぬらぬらと光っている秘口に押し当てた。

唖然としている学人を無視して、涼子は黒い肉茎をゆっくりと女壺に押し込んでいった。

「はあ……ああう」

鼻から洩れる熟女の喘ぎに眩暈《めまい》がしそうだ。

学人の勃起した肉根よりずっと太いオモチャは、少しずつ女壺に呑み込まれていく。学人は服を脱ぐのを忘れ、口を半びらきにして淫らすぎる光景を眺めた。

「んふ……あう……あは」

美しい眉間に切なそうな皺を刻んで喘ぐ涼子は、オモチャをねじりながら、さらに沈めていく。

太く長い異物だけに、とうに子宮に届き、内臓にまで達しているのではないかと思えるほどだ。

やがて、女壺の底まで届いたのか、涼子の手が止まった。

黒いオモチャを呑み込んだ秘口は、その太さだけパックリと口をあけている。

指一本さえ締めつけた狭い肉壺が、その何倍もあるオモチャを咥《くわ》え込んでいる目の前の光景に、学人は改めて女の器官の不思議さを感じた。いざとなったら赤ん坊さえ通ってくるソコが、ペニスをギリギリと締めつけもする。男にとって女体は神秘すぎる。

「〈濡れめしべ〉は……はああ……女をこんなに淫《みだ》らにするの……じっとしていることな

んかできないの……たまらないわ……太いものが欲しくて欲しくてたまらなくなるの」

淫らに濡れた唇を動かして、涼子は言い訳じみたことを言うと、黒いオモチャをそっと引いた。

「あはっ……」

自分で快感を得て喘ぎを洩らす涼子の表情は扇情的で、メスの輝きを増している。

(そんなオモチャを使うぐらいなら、俺のものを入れてやる……)

そう言いたい気持ちもあるが、初めて見る女の破廉恥な行為を中断するのは惜しい。この猥褻《わいせつ》な光景も刺激的だ。

太いオモチャは浅いところまで引き出されては、また押し込まれて沈んでいく。

そうしているうちに、徐々に出し入れの動きがスムーズになってきた。女壺が溢れる蜜でヌルヌルになっているためだ。

それでも、締まっている女壺だけに、オモチャを引いてふたたび押し入れるとき、側面についている蜜は侵入を拒まれ、入口で搾り取られるように、じわじわと会陰をしたたり落ちていく。

「〈濡れめしべ〉を塗ると、こんなになるのよ……わかった……？　ああう……気持ちいいわ……女のココは、こうしているときが最高なの……はしたない？　ねえ、そう思って見てるの？」

涼子はオモチャを持った手を休めず、火照《ほて》って汗ばんだ躰を、ときにはくねくねとさせながら、学人に誘惑的な視線を向けた。

「セックスは人類存続になくてはならない崇高な行為だから、そういうことをして気持ちがいいのは当然で……はしたないなんて思いはしないさ……」

やけに喉が乾く。

いやらしいことを口にしたら軽蔑されるかと、学人は人類だの、崇高な行為だのという堅苦しい言葉を出したが、涼子にはいくらでも破廉恥なことをしてくれと言いたいし、それより、いやらしくて気持ちのいいことをさせてくれと言いたくてたまらない。

この部屋に入ってから、学人は獣になりかけている。だが、やっと見つけた仕事だというだけでなく、美女に嫌われたくないというだけで、公私混同しないように最後のところで耐えている。しかし、はたしてこれが本当に講習の一環なのかと疑いたくなってきた。

涼子も最初から本番を望んでいるようだ。

（だけど、俺の思い違いだったら取り返しがつかなくなるからな……）

結婚後は素人《しろうと》に声をかけてつき合ったことなどほとんどなく、風俗で後腐れのないセックスをしてきただけに、この期に及んでも獣欲の赴くままに行動する決心がつかない。

「イケイケ」という声といっしょに、「やばいぞ」という声もする。学人はそんな自分の意気地のなさに苛《いら》つきながら、それでも、突進することをためらっていた。

ともかく、喉が渇く。涼子の秘口に押し込まれている黒いグロテスクなバイブを見ているだけで、喉がひりつくように渇いてくる。

学人は水代わりに、そこにあったドリンク剤を何かわからないまま、また一本グイッと空けた。

「はああ……」

涼子の両足の親指が反り返った。

「オモチャでいいのか……本物でしたほうがいいんじゃないか……？　どうしてここにそんなものがあるんだ」

「ああう……これも商品よ」

「えっ？　それも売るのか！」

学人の目が丸くなった。

「幸せな男女の営みのための道具を扱うのは当然でしょう？　ああ……だめ……イキそう……イキそうよ」

涼子のひらいた唇のあわいから、白くぬめった歯が見える。

喘ぎのたびに細い首も伸びて、いっそう悩ましい姿になっていく。

学人の肉茎も火がついたように熱い。火照りを冷ますためにも、次の行動に移るためにも、ともかく服は脱がなければならない。

脱ごうとしては中断されていたが、ついに学人は涼子が気をやる前にと、脱兎《だっと》のごとくトランクスまで脱ぎ捨てた。

「おっ」

学人は自分のいきり立った肉茎の角度を見て驚き、声を上げた。

まるで十代に戻ったように上を向いている。とうてい三十七歳のペニスとは思えない。黒いオモチャより太さは劣るが、単純に太ければいいというものでもないらしいと、風俗嬢達との会話からわかっている。

「ステキ。〈珍辰〉のせい？　いつもそうなの？　〈濡れめしべ〉を塗った私のココがどんなふうに変化してるか調べてみて。ね、早く」

学人の肉茎を見つめた涼子が、オモチャを動かす手を止め、催促するような甘えた声で言いながら腰をくねらせた。

もう迷うことはない。

『〈珍辰〉でも飲んで、どれだけ長持ちするか確かめてみたら？　ねえ……私をこのままにしておく気？　オユビを奥まで入れて、〈濡れめしべ〉をたっぷりと塗り込めたくせに、見てるだけなんて酷い人ね……』

『しないで殿方の製品の効き目がわかるはずないじゃないの？』

すでにそんなことも言われているというのに、何と意気地がなかったことか。

「よし、そろそろ〈濡れめしべ〉と〈珍辰〉の効き目を試してみよう」

鼻息荒くベッドに上がった学人は、涼子の太腿の間に手を伸ばした。

4

涼子の秘口に呑み込まれている黒いオモチャを握った学人は、引き出そうとしたものの、淫猥な気持ちに駆られ、途中でまた押し込んだ。

「はあっ……」

涼子の胸がシーツから浮き上がり、ふくよかな乳房がポワンと揺れた。

男形が女壺の底に届くと、また引き出す。自分のものを挿入したいのは山々だが、いつまたこうした猥褻行為ができるかわからない。

さほど女にもてず、アブノーマルな行為もしてこなかっただけに、大人のオモチャを出し入れするというだけで異様に昂《たか》ぶる。しかも、相手は文句のつけようのないプロポーションの美女。しかも、未亡人だ。

指を入れたときは、クチュクチュ、チュプッと、愛らしい音がしたが、今はときどきジュブッ、グジュッと、淫らすぎる音もする。それがますます学人を昂揚させた。

「いやらしい音だな。これがそんなにいいのか」

単純な動きだけでなく、オモチャを捻《ひね》ったり、こねまわしたりした。

「くっ……いい……もっと速くして。もうすぐイキそう……」

クイクイと腰を持ち上げるようにして、涼子が盛んに誘いをかけた。

オモチャを抜いて自分の反り返った肉茎を入れるつもりが、いくら若いときのような角度で勃っている立派な一物とはいえ、太さではオモチャにかなわない。太さなどさほど重要でないとわかっていながら、いざとなると気になるのが男だ。

（もっと太いのがいいと言われたら最悪だ……こんなオモチャで楽しんだ後じゃな……）

さっさとオモチャを抜いておくんだったと後悔した。

「ねえ、速く動かして」

とうとう涼子が腰をクイクイとやりだした。みごとな動きだ。騎乗位でやってもらえば、あっというまに昇天しそうだ。

「速く。速くったら」

待ちきれないのか、涼子はオモチャに向かって手を伸ばした。

オモチャに触れられる直前に、学人はそれを引き抜いた。

「あ……」

落胆の声が上がった。オスとして学人は爽快《そうかい》だった。

ちょうだいというように、涼子が大きく太腿をひらいて腰を突き出してくる。

今まで太いものが押し込まれていた秘口は、そのまま妖しく口をあけていて、まるで涎《よだれ》を垂らしているように、ぬらぬらした蜜をしたたらせている。涼子がクイッと腰を上げるほど、会陰からアヌスにまで流れている蜜液もよく見える。

ひくつく排泄器官はおちょぼ口のようだ。アヌスのひくつきといっしょに、秘口も、何かもの言いたげに収縮した。

「意地悪。早く〈珍辰〉の威力も試して。私の中で試したいくせに」

そう言われた学人は、魅惑的な女体を前にしての忍耐力も、ひょっとして〈珍辰〉のせいかもしれないと思った。

「〈ジラシー〉のこと、わかってて飲んだの？　社長から聞いてたの？　いやな人……人れてちょうだい」

涼子が腰をくねくねさせながら催促した。

「ジェラシー？　嫉妬がどうした……？」

意味がわからずに問い返した。

「〈珍辰〉の後に飲んだドリンクが〈ジラシー〉じゃない。女を焦《じ》らしたいときに飲んでおけば、忍耐力が強まるの。知らずに飲んだの？」

喉の渇きに耐えきれずに適当に手にして飲んだのが、〈ジラシー〉という忍耐力を増すドリンクだったらしい。元気堂の商品は凄いぞと、学人は心底、感心した。

「〈ジラシー〉も〈珍辰〉もよく効いてるってわけか。じゃあ、これからどうしたらい い？」

性格まで変わったように大胆になった学人は、美女と駆け引きするように、ゆったりと尋ねた。

「私を満足させて。焦らすなら焦らすで、見てるだけじゃなくて触って。全部触って。頭の先から足の指まで。全部じゃなくてもいいわ。だから、それ、ちょうだい。もうすぐイキそうだったのに」

それというのがオモチャなのか本物の肉茎なのか、微妙だ。

「これとこいつとどっちがいい？」

学人は反り返っている肉茎と黒いオモチャを指した。

「どっちもちょうだい。ソレは下で食べさせて。あなたのものはオクチで食べてあげるから仰向けになって」

涼子が躰を起こすと、尻のあった部分に、丸い大きなシミができている。

学人が仰向けになると、涼子はシックスナインの体勢で逆さに乗って、硬い肉柱を愛しげに握って、軽くしごいた。

柔らかい手の感触が涼子の手のものだと思うと、学人は夢見心地になった。だが、顔の上には濡れたメスの器官があって、オスを誘う淫靡な匂いを放っている。てらてらと光るパールピンクの器官の華麗さと猥褻さに、荒い学人の鼻息が、涼子の漆黒の翳りを揺らした。

「アレを入れて。でないと食べてあげないから」

長時間の勃起が約束されているのなら、そう慌てることはないが、涼子が肉茎ではなく、オモチャのほうを入れてくれと言っているのは複雑だ。だが、自分のものを挿入すれば、フェラチオはしてもらえない。それなら、まずは口でしてもらうほうが得かもしれない。

学人はオモチャを再び女壺に押し込んだ。

交渉成立というように、涼子が学人のものを柔らかい唇でしごきたてながら頬張っていった。〈珍辰〉のせいか、アヌスまでゾクゾクする。かといって、すぐに射精しそうな感じはない。

巧みなフェラチオにも耐えられ、この快感が何時間も持続するとなれば最高だ。

学人は自分の下腹部の快感を楽しみながら、涼子の器官をいじる手にも十分意識を集中させた。

オモチャを押し込んでおき、細長い肉の帽子から顔を出している宝石のようなマメに、そっと息を吹きかけた。

「ぐぐ……」

肉茎を咥えているために声を出せない涼子は、鼻からくぐもった喘ぎを洩らした。同時に、オモチャがニュルッと押し出されてきた。

ほんわかとしたメスの匂いをこびりつかせた黒いオモチャに、学人は鼻をひくつかせた。世界一妖しく香《かぐわ》しい匂いだ。それに誘惑されて、またオモチャを押し込み、肉のマメに息を吹きつけた。

「うぐ……」

太い異物は、すぐに押し出されてきた。その側面から、ほのかに湯気が立っている。わずかに濃くなったメスの匂いが、鼻にまつわりついた。

5

肉のマメに息を吹きかけるたびに、喘ぎとともに女壺から押し出されてくる黒いオモチャとメスの淫靡な匂い……。単純な繰り返しとはいえ、いやらしい光景に、学人はゾクゾクした。

オモチャが押し出されてくるたびにまた押し込んで、心地よい肉ヒダの抵抗を楽しんだ。

学人の肉茎を口で愛撫している涼子の息が荒くなってくる。

「ぐ……ぐぐぐ……うぐ」

ぬめ光る肉のマメに息を吹きかけるたびに、涼子の舌の動きは一瞬止まる。

涼子が口に入れていた肉茎を出した。

「焦らさないで。もっと速く動かして」

肩越しに振り向いて哀願する涼子に、学人は精神的なエクスタシーを感じた。

「まだ始まったばかりじゃないか。じっくりとここの商品の効き目を確かめてみたいんだ」

これまでは女を焦らすより、自分の欲望を果たすのが先だった。だが、涼子が相手なら、もっと焦らしてみたくなる。これまで眠っていた野性も目覚めてくる。

命をかけて戦ってきたオス。だからこそ、メスに信頼され、メスを従えて生きていた。

そんなオスとしての、生まれるずっと前の太古の記憶さえ甦ってくる。

肉の帽子から大きく顔を出してきたクリトリスの先を、学人はチロッと舐めた。

「あう！」

予想以上に涼子の腰は激しくバウンドした。

黒いオモチャはこれまで以上に勢いよく秘口から押し出され、学人の顔に落ちた。湯気の立っている蜜まみれの太いオモチャを手に取った学人は、本能のままに猥褻な匂いを嗅いだ。オス獣として、ますます全身の力が漲《みなぎ》ってくる。

「入れて。壊れるほど突いて。たまらないわ。たまらないの」

「こっちのほうがいいんだろう？　これを入れてくれと言ったもんな」

学人は快感を覚えながら、濡れたオモチャを、ふたたび振り向いた涼子に突き出して見せた。

「今度はあなたのものをちょうだい」

涼子より優位に立っている。夢ならこのままオスでいたい。

「もう少し口でしてもらいたいな。本番はそれからだ。俺がオマメに息を吹きかけるたびに、何度も中断したじゃないか。集中してやってくれよ」

ふだんなら短時間のフェラチオで気をやっただろうが、きょうはちがう。〈珍辰〉と〈ジラシー〉の効き目で、まだまだいけそうだ。

「口でしてくれないなら、オモチャもお預けだからな」

学人は指先でチョンと肉のマメをつついた。あっ、と声を上げた涼子の秘芯から、透明液が溢れ出た。

涼子は学人の胸からおりた。

機嫌を損ねたかと思ったのもつかの間、シックスナインの体勢を崩して太腿の間に躰を入れた涼子は、肉根をつかんで亀頭をピンク色の舌先でねっとりと舐めまわした。

「うう……効く」

学人は息を止めた。

涼子は亀頭を縦に舐め、横に舐め、丸く舐めては、鈴口を集中的に責めはじめた。尖《とが》らせた舌先を鈴口に押し入れるようにして刺激する。

あまりの快感に全身の皮膚が粟立った。だが、射精しそうな気配はない。

（もちそうだ……凄いぞ……俺は仕事だけじゃなく、これまでに味わったことがない至福の快感も、いっしょに手に入れたのかもしれないぞ……）

喜びと戸惑いと、夢か現実かという疑問の中で、学人はただ涼子に身を任せていた。

唇だけでなく涼子の手も、リズミカルに肉茎の側面をしごきはじめた。快感が増した。最高だ！　と思ったが、次に涼子の左手は玉袋を掌《てのひら》に入れ、やんわりと揉みしだきはじめた。さらに快感が増した。

「おお……凄いぞ……躰が砕けそうだ……上手いな……うっ……」

総身が汗ばんだ。

頭を前後させながら肉茎の側面を絶えずしごきたてている紅い唇。その間もチロチロと亀頭を責め続ける舌。根本を握ってしごく右手。玉袋を愛撫する左手……。

これほど巧みに責められたことはない。じっとしていてこれだけのことをしてもらえれば天国だ。思考力がなくなってくる。悦楽の海を漂っているようだ。

「うっ！」

肉茎の根本を離れた右手の指がアヌスの周辺をいじりはじめたとき、学人は全身をビクッとこわばらせ、声を上げた。

「やめろ……う……」

気色悪さに拒《こば》みたいが、ざわざわとした快感が広がっていく。

（イクぞ……強烈すぎる）

そう思ったとき、すべての動きが止まり、涼子の手も口も肉茎から離れた。

いちばんいいときに……と落胆していると、ナイトテーブルの抽斗《ひきだし》を開けてコンドームを取った涼子が、右手の中指にそれを被せて唇をゆるめた。

「あなたがイッたら、今度は私を楽しませて。〈珍辰〉を飲んでるから、すぐにまた元気になると思うわ。壊れるほど突いて。約束してくれる？」

濡れたような妖しい目で見つめられ、学人は頷いた。

涼子はまた顔を太腿の間に埋め、肉茎を頬張った。左手は玉袋に戻った。そして、コンドームを被《かぶ》せた右手の中指が、アヌスにニュ～ッと押し込まれていった。

「うっ」

学人は硬直した。涼子が指にコンドームを被せるのを見ていながら、ボーッとしていたために、何をされるか考えられなかった。こうなってみると、それしかないとわかるが、あまりに唐突な行為だ。気色悪さに息ができない。

「やめろ……うっ……おおっ！」

中指は何度かゆっくりと抽送されたあと、アヌスに入ったまま、前立腺あたりをつつきはじめた。

「くっ！　やめろ！　イクぞ！　だ、だめだ！　うっ！」

全身の血液がペニスの先から噴き出すような、激しい快感が駆け抜けていった。躰が粉々に砕け散っていくようだ。

ひととき我を忘れた時間の後で、学人は、放出された精液を涼子が口で受け止めたのを知った。

「こぼれるほどいっぱい出したのね。元気がいいわ。〈珍辰〉の必要のない人が使ったんだもの。当然ね。おいしかったわ」

樹液をゴクリと呑み込んだ涼子の唇は淫らに濡れ、その目は妖しく光っていた。

6

アヌスに指を入れられ、前立腺を刺激された学人は、さすがに我慢できずに絶頂を迎えてしまったが、射精の後の疲労感はあまりない。

三十代になってからは、イッてしまえば倦怠《けんたい》感に襲われ、さっさと寝てしまいたいとしか思えなくなっていたが、まだエネルギーが残っている。まるでセックスを知った十代のころのように、何度でもしたい。

「今度は私を楽しませてくれなくちゃ。約束だもの」

「イッたばかりなのに、なんだか、すぐに元気になりそうだ。最近、こんなことはなかったのに、〈珍辰〉のせいかな。いや、きみがあんまりナイスボディで美人だからだよな」

「まあ、〈珍辰〉がオクチまで器用にしたのかしら。まじめでおべっかなんか使えない人みたいだったのに」

「おべっかなんかじゃないさ。こんな魅力的な女性を相手にするのは初めてだ」

「ふふ、ありがとう。この部屋にあるものは何でも使っていいのよ」

「オモチャもか……?」

ペニスの形をしたグロテスクなオモチャが抽斗《ひきだし》にずらりと並んでいたのは、すでに見ている。その一本を手にした涼子がひとり遊びを始めたので、学人もそれを使ったが、太さのちがう他のものも使ってみたい。元気なだけに余裕が出てきて、いくらでも卑猥なことをしたくなる。

「社長から、愛の営みに興を添える道具のことは聞いていなかったらしいわね。男ならここにあるものはたいてい知ってるでしょうけど」

涼子は次々と抽斗を開けていった。

「全部、元気堂で売るのか……？　健康食品の販売だけじゃなく……」

学人はそれらを見つめて喉を鳴らした。

バイブの類《たぐい》から、銀色に光る金属の道具や目盛りのついた道具、何に使うのか見当のつかないものまである。

「小道具はあくまでも二次的なものよ。でも、マンネリ化した夫婦にはいいものよ。道具を使ってセックスを楽しむなんて人間だけね。ＳＭプレイなんていうのも、優秀な知能を持った人間だけしか楽しめないものだし」

「ＳＭプレイもやるのか……」

「さあ、どうかしら」

涼子はクフッと笑った。

「これは何だ……」

「知らないの？　クスコ。産婦人科で使う女性のヴァギナを見る道具。これで殿方が女性のソコを覗くと、きれいで感激するわ。もっとも、それ以上に興奮するみたいだけど」

また涼子が唇をゆるめた。

学人の肉茎は呆れるほど短い時間で回復し、涼子の説明にクイクイと反応した。

「この血圧計みたいなのは……？」

「膣圧計。これを入れて女性のヴァギナの圧力を計るの。ゆるんできたら締まるように訓もっと尋ねてみたいことがある。訳のわからないものがまだたくさん並んでいる。だが、学人はクスコと膣圧計を見ているだけで、たまらなくモヤモヤした。

「どうして手術用のゴム手袋まであるんだ……」

「それをはめるだけでいやらしい感じにならない？　婦人科で使う指サックもあるわよ。これはヴァギナ用。こっちは指が二本あるでしょう？　診察のとき、ヴァギナとアヌスに同時に入れるときの二本指サックよ。ヴァギナに二本入れてもいいけど。セックスのとき、いろんな小道具を使うと新鮮で燃えるわ。人間の男と女は子孫繁栄のためだけじゃなく、ただ快楽を得るためにセックスを享受することもできる素晴らしい生き物なのよ」

もう我慢ならない。学人は涼子を押し倒し、いきなり肉茎を秘口に押し当てた。ぬらっとした蜜の感触に、そのまま腰を沈めていった。

「ああう……いい……硬いわ」

涼子もさっきから欲情していただけに、すぐに学人を受け入れた。

無数のミミズが這いまわっているような肉ヒダの感触。それがじわりじわりと肉茎を締めつけてくる。吸い込まれるような感触もある。

これほど妖しい女壺は初めてだ。

「名器だ……凄いぞ……〈濡れめしべ〉のせいか……いや、元々名器なんだろう？〈濡れめしべ〉を塗り込めるときも凄いと思ったんだ。おっ……何だ、今のは」

吸いつかれて放されたような奇妙な衝撃があった。

「ああ……ステキ……あなたのペニスと相性がいいのかもしれないわ。だから、ヴァギナがあなたのものを呑み込もうとしてるのよ。それに、私のソコ、〈濡れめしべ〉を涂ると、ヒダの動きが活発になるみたいなの」

じっとしているだけでも気持ちがいい。だが、そうもいかない。今度は涼子を楽しませる番だ。男のメンツがある。今や学人は野性として甦った一匹の雄々しいオスだ。

薄紙一枚入らないほど密着した腰と腰を離していき、涼子と離れる寸前に、また肉ヒダの感触を楽しみながら一物を沈めていく。

学人のものよりひとまわりも太いオモチャが入っていた不安もあったが、肉茎をキリキリと締めつけてくる。

女壺は挿入されるものにサイズを合わせる不思議な器官だ。

ここでいつもの学人なら抜き差しを開始し、短い時間で果てるところだが、視野の隅に妖しい小道具もチラチラとしている。使わない手はない。

「〈濡れめしべ〉で活発な動きをするヴァギナを見ておかないと、お客さんにうまく説明できないな。中も見せてもらうぞ」

肉茎を抜き、クスコを取ろうとしたが、横にあった二本指サックに誘惑された。いくら正式に医療で使うものとはいえ、ここではいやらしいだけの小道具だ。

袋を破ってサックを取り出し、右の人差し指と中指にはめ、カニのハサミのように動かしてみた。それから、二本をくっつけ、女壺に挿入していった。グリグリと回転させて掻きまわした。

「あは……いやらしいオユビ……」

「いいか」

「いいわ……ペニスもオユビもどっちもいいわ……あう、いい……」

より快感を得ようとするように、涼子はいっしょに腰をクネクネとさせる。

「なあ、四つん這いになれよ。後ろからこうしてやるから」

豊満な腰の動きを見ていると、恥ずかしい格好にさせて、後ろからメスの器官を眺め、いじりまわしたくなった。学人は指を抜いた。

「あなたって、見かけよりずっといやらしい人だったのね……いやらしい人、好きよ」

掠《かす》れた声で言った涼子は、わずかに羞恥の表情を見せたが、くるりと回転して膝と腕を立て、犬の格好になった。

7

尻を向けた涼子に、学人は鼻血が出そうになるほど昂ぶった。形のいいツンとした尻肉だ。

「膝を離さないと、アソコ、よく見えないな……」

自分の手で膝を引き離すより、涼子自身に広げさせたい。

「このくらい……？」

二十センチばかり膝がひらいた。

「もっとだ」

「このくらい……？」

双丘のあわいで息づくメスの器官を真後ろから眺めると、猥褻さは格別だ。しかも、これまでオモチャや指、ペニスでさんざんいじりまわしてきただけに、花びらは充血して肉厚になり、肉のマメを包んでいる包皮も、もっこりとふくらんでいる。

ふくらみから顔を出している小さな真珠玉がキラキラとパールのように輝き、そのしたたりのように、下方の秘口から蜜液が溢れている。じっと眺めているだけで、ツツッと蜜がしたたっていく。

「見られているだけでジュースが出てくるなんて、本当にきみはいやらしいんだな……」

そういう学人の股間のものもひくつき、鈴口から透明なカウパー氏腺液がしたたり落ちた。

「こんな恥ずかしい姿を見られてると、アソコがますます疼《うず》いてくるわ……うんといやらしいことをして……私は〈濡れめしべ〉を塗らなくてもいやらしい女かもしれないわ。だから、未亡人の躰の疼きがわかるの……ここに勤めるようになって、多くの未亡人達の疼きを癒《いや》してきたのよ」

涼子は学人を求める目を向けて、肩越しに言った。

涼子は未亡人達に、健康食品より大人のオモチャなどを積極的に売っているのではないか……。

学人はそう思った。すると、未亡人達がグロテスクな男形を手に喘《あえ》いでいる姿が脳裏に浮かび、熱くなった。

人差し指と中指に被せた二本指サックを女壺に入れた。サック越しとはいえ、肉ヒダが蠢《うごめ》きながら指に吸いついてくるのがわかる。

「ああ……いい」

涼子の喘ぎといっしょに、可愛くすぼんでいるアヌスもひくついた。

二本指サックをはめたのは、女壺に入れるためだけではない。学人もアヌスに指を押し込まれ、前立腺を刺激されて果てた。だからというわけでもないが、まだ生まれて一度も女のアヌスに指を入れたことがないだけに、二本指サックの説明を聞いたときから、後ろのすぼまりに指を入れてみたい誘惑に駆られていた。

涼子のすぼまりは排泄器官とは思えないほど愛らしく、魅力的だ。

秘壺から指を抜いた学人は、ひとときサックの指を眺め、中指はそのままにしておき、人差し指を入れていたところに、親指を入れた。それから、大きく息を吸った学人は、中指をすぼまりに押し込んでいった。

「くっ……」

涼子の総身が硬直した。

「このサックはアヌスとヴァギナ用と言ったよな。ヴァギナだけより、このほうがいいだろう?」

唐突な行為に声も出ない涼子に昂ぶりながら、学人は震えを帯びた口調で言った。

涼子の女壺は抜群に締まりがいいが、アヌスはそれ以上だ。なかなか沈んでいかない。無理に入れれば菊の花の縁が切れそうで、学人は用心深く沈めていった。それから女壺に親指を押し込んだ。

「くうう……」

突き出されている白い尻が粟立ち、学人をゾクゾクさせた。

〈8の字筋〉という言葉は知っていたが、こうして前後の窪みに同時に指を入れてみると、ヴァギナとアヌスの締めつけが同時にやってきて、両方の器官の筋肉が繋がっているのがよくわかる。

「ああう……そんなにされると……おかしくなるわ……淫らな獣になっていくみたい……自由にして…もっといやらしいことをして」

喘ぎながらそう言う涼子の声を聞くと、学人は世界一いやらしい男になりたくなった。

締まりすぎて簡単に動かせない指を何度かゆっくりと出し入れしたが、もどかしくなり、指を抜いた。そして、メスの匂いの漂う器官に舌を伸ばして舐めまわした。

「くうう……あう……はあぁ」

涼子の喘ぎは強烈な興奮剤だ。肉茎がビンビンと反応する。

ぬるぬるのやや塩辛い愛液がいくらでも溢れてくる。時にはピチャピチャと音をさせながら、学人はピンクの器官を舐めまわした。

「いい……気持ちいい……いいわ……おっきいのも入れて……お願い、入れて。うんと突いて」

学人は蜜でてらてらと光る顔を上げ、血管の浮き出た肉刀を、びっしょりと濡れている秘口に、真後ろから突き刺した。

「ああっ、いい……犯して」

涼子の言葉に煽られて、くびれた腰をつかんだ学人は、グイグイと肉茎を沈め、密着した腰を揺すり上げた。

「はあっ……ステキ……最高よ」

涼子の腰が妖しくくねった。

学人は締まった女壺にぴったりとはまった一物を出し入れしては、肉ヒダをこするようにしながら腰で円を描く。左右に振動させたり抉《えぐ》るように動かしたり、あらゆる変化で涼子の女壺を責め立てた。

今までならとうに果てているだろうが、それだけ動いても簡単に気をやりそうにない。まるでスーパーマンに生まれ変わったようだ。

「あん……オマメもさわって」

喘ぐ涼子の言葉に、学人はぬめついた肉のマメを指でいじった。

「あう、だめ……イクわ……イク……んんっ！」

ついに絶頂の波が涼子を襲い、恐ろしいほど総身が痙攣した。同時に秘口もこれまでにない強い締めつけを繰り返した。

学人は息を止めて耐えた。

涼子の痙攣が治まったとき、学人は肉茎を抜き、涼子を仰向けにした。

「気をやった後のいやらしいソコがどうなってるか見てみよう」

学人は生まれてはじめて手にしたペリカンの嘴《くちばし》の形をした銀色のクスコを、涼子の女壺に挿入した。

「あう……」

涼子の胸が突き出された。

ペリカンの嘴をひらいていくと、美しいピンクの粘膜が広がった。

(これが女のヴァギナか……)

猥褻さもさることながら、あまりの美しさに感動が広がった。

(俺が元気堂で働くのは運命だ。これこそ俺の天職だ。俺の本当の人生はこれから始まるんだ)

今後の学人の人生は、涼子のピンク色の粘膜のように輝いている気がした。

クスコを抜いた学人は、ふたたび元気な肉茎を秘口に押し込んでいった。

第2章　香林坊《こうりんぼう》の女

1

美人社長公認ということもあったが、元気堂を知ったその日に、講習の一環として社員の涼子とさんざんいやらしいことをしてしまうと、雇われる前からクビになるようなことをしてしまったのではないかと、学人は不安になった。

けれど、未亡人涼子とは一回のみならず、一週間もただれたようなセックスに耽《ふけ》ることを許された。

元気堂の商品を自分の躰で知ってからでないと顧客には勧められないからということだったが、一理あるものの、自社製品のために社員とセックスまでさせるかと、首を傾《かし》げた。

だが、毎日変わる涼子の色とりどりのインナーと、誘惑的なナイスボディを見るたびに鼻血が出そうになり、疑問など、どうでもよくなった。

いい女とタダできるというオスの浅ましさのほうが、疑問の何倍どころか、何百倍も勝った。

涼子と小道具まで使ったいやらしいセックスをして帰ると、求められるたびに逃げたくなっていた妻にまで、ちょっかいを出したくなるのが不思議だった。

元気堂と巡り合った日、意気揚々と帰宅した。

『小さな健康食品会社ですって？　お給料は基本給と売り上げに応じて？　ばっかみたい。妻子を養えると思ってるの？　冗談じゃないわ』

妻の明子は就職先を聞くなり、小馬鹿にしたように言った。

明子の機嫌を取るつもりはなかったが、精力のあり余っていた学人は、自分から手を出してコトを始めた。すると、急に精力絶倫になった学人に、不審の眼が向けられた。

『今までこんな凄いことはなかったわ。女でもできたの？』

最後の言葉にヒヤリとした。

『元気堂は、世界でも最高級と言われてる精力剤も扱っていて、世界的に信用のある会社で、世界のあちこちからも問い合わせがあるらしい』

学人は勝手に「世界」を持ち出して大げさに話した。

『それで、社長が、俺にぜひ働いてもらいたいって、目の玉が飛び出るほど高い強壮剤を、ぜひ奥さんと試してみろと言って、一回分、特別に分けてくれたんだ。こんなに効くとは思わなかった』

目の玉が飛び出るほど高いとか、一回分とか言ったのは、毎日せがまれるとまずいと思ったからだ。

これほど絶倫になれるのなら、明子とするより、他の女を口説いてするほうがいい。

『そんなに高いの？　一回分しかくれなかったの？　社長、ケチね。自分じゃ、若い愛人にさんざん使ってるんじゃないの？　ケチよ』

明子は社長が女ということは知らず、さんざん文句を言ったあと、

『ねえ、もう二、三回できそうね。これっきりなら、効き目がなくならないうちにどんどんしましょ。朝までもつかしら。何時間もつの？』

貪欲《どんよく》に求めてきた。

どうなるかと思ったが、女壺をさんざん突かれ、こねまわされ、ひっくり返されて、バックからも久々に破廉恥な格好で突かれた明子は、二回戦が終わるとダウンしてしまい、シャワーも浴びずに眠ってしまった。

翌朝、明子は途中で眠ってしまったことを悔しがった。

『世界的なものを置いてるところなら不況知らずかもね。アレ、ときどきもらってきてよ。ダメって言われたら、他の仕事を探すと言うのよ』

脅せと言っているようなものだ。学人は呆れたが、明子も元気堂への再就職が魅力的に思えてきたようだ。

それから毎日、涼子相手に商品やオモチャを変えて試したが、夜になると明子にも手が出てしまい、今や新婚当時のように待遇がよくなった。

愛想がよすぎる明子の出迎えは、やや薄気味悪いくらいだ。

月曜、学人は社長の彩音に、いっしょに三階の相談室についてくるように言われ、従った。

きょうの彩音のスーツは、桜の花びらを連想させる淡いピンク。ひと回りも年上とは思えない。ひときわ若々しく可憐で、年下の女のようだ。スーツだけでなく、アソコもこんな色じゃないのかと、学人は秘密の花園を想像した。

一週間、さんざん涼子と楽しんだ部屋にこれから行くのだ。きょうからは彩音を相手に精力剤やオモチャを試せるのかと、心臓がバクバクと音を立てた。

エレベーターに乗り込んだ。

(社長のアソコに〈濡れめしべ〉を塗っていいですか?)

(もちろんよ。ここにある全部を試して。涼子さんだけにいい思いをさせるなんてイヤ。うんといやらしいことをしてほしいの)

学人は裸の彩音の脚をMの字に大きくひらき、親指と人差し指で肉のマンジュウをクイッとくつろげ、桜の花びら色の双花に〈濡れめしべ〉をたっぷりと塗り込めた……。

「降りて。三階よ」

学人は我に返った。

すでに彩音はエレベーターから降り、ドアが閉じないように手で押さえている。

汗ばんだ学人は慌てて飛び出し、彩音の後から相談室に入った。

「講習も終わって、合格よ。きょうから正社員として働いてもらうわ。いい？」

「ありがとうございます！」

「出張も大丈夫だったわね？」

「もちろんです。たとえ地の果てまでも……」

勢いよく言ったものの、まんいち外国にでも飛ばされたら大変だ。できるだけ彩音や涼子の近くにいたい。

「あの……ただし……ヒンズー語とか、スワヒリ語はダメです。まあ、英語も得意じゃないです。商用で使うとなると日本語しか……」

彩音が口許に手を当てて、オホホと上品に笑った。

「いくら何でも外国まで出張されたら、交通費で大赤字じゃない？」

学人はホッとした。

「さっそく出張してもらいたいの。着替えを取りに帰ってもいいわ」

「えっ？ 今からですか……」

ここに連れて来ないで下の事務所で言ってくれれば、こんなに彩音とのナニは期待しなかったものをと、学人は恨めしかった。

「初めてだから、持っていくものがわからないでしょう？ 見てあげるわ。足りなくなったら電話してね。すぐに送るわ。行き先は金沢《かなざわ》。いつもお客様からの問い合わせや相談が来てから、そこへ出かけることになるんだけど、それをきっかけに、周囲にも悩んでいる人がいると思ったら、お仕事続けてね。うちに他の社員がいないのは不思議でしょう？ 出張したまま、なかなか戻って来ないからなの。夢中になってやってくれるの。戻って来てもいいのに」

それを聞いた学人は、どの社員も、年間売り上げナンバーワンの褒美《ほうび》としての、彩音とふたりきりの温泉旅行を狙っているのだと焦《あせ》った。

猛烈にやる気が湧いてきた。

2

元気堂で用意されていた特製鞄《かばん》に美人社長彩音の助けを借りて商品を詰め込んだ学人は、妻の明子に電話で緊急出張と告げ、そのまま金沢に向かった。

初仕事だ。学人は武者震いした。

羽田《はねだ》を発ち、小松《こまつ》からシャトルバスに乗って金沢に着いたのは一時半だった。

「ただいま金沢駅に着きました。これからそちらに向かいます」

まずは客に連絡を入れた。

「それどころじゃないのよ。いえ、楽しみにしてたの。だけど、さっき、父が倒れたって連絡があって、これから実家の京都まで行かなくちゃならないの。今、自宅を出るところなの。取り込んでるから、また連絡するわ。早ければ明日か明後日……」

「これから京都ですか……」

学人はがっくりした。

商品だけ渡しておきましょうかと言いたかったが、父親が倒れたというのに、そんなものを持っていかせるわけにはいかない。まずはご挨拶《あいさつ》でも、というわけにもいかない。出かける直前で焦っている客のケイタイの番号を聞き、電話を切った。

ここまで来たのが無駄だったのかと力が抜けそうだが、このままとんぼ返りするのも間が抜けている。

荷物をコインロッカーに預け、兼六園《けんろくえん》に向かった。

日本三大名園のひとつとはいえ、初仕事がおじゃんになっては、どことなく景色もさびしく見える。有名な徽軫灯篭《ことじとうろう》を眺めても、つい溜息《ためいき》が出てしまう。

そんなとき、背後で、ハアッと、女の溜息が聞こえた。いかにもやるせないといった溜息に、学人は自分のことを忘れて振り返った。

黒地に桜吹雪、裾に石垣の描かれた着物を着た三十半ばの女のあまりの艶やかさに、学人は目を見張った。

涼しげな目のあたりに憂《うれ》いを含んでいて、まるで竹久夢二《たけひさゆめじ》の絵から抜け出してきた女のようだ。

「素晴らしいお着物ですね……」

思わず学人は口をひらいた。

「ありがとう……気分が滅入るから、好きな友禅《ゆうぜん》を着てみたけど……やっぱりだめ」

また女は溜息をついた。

「友禅って、もしかして、それが加賀《かが》友禅ですか」

「そう。この夜桜の絵、好きなの」

ここは金沢、兼六園。目の前の女の着物は加賀友禅。できすぎの小説みたいだと学人は思った。

「溜息をついてますけど、どんな美人でも悩みがあるんですね……僕は男女の悩みを解決するための品物を商売にしてるんですけど、美人の悩みはなあ……」

学人は大きな溜息をついた。

「男女の悩みを解決する品物ですって……？　世の中に惚《ほ》れ薬でもあれば買うんだけど」

　女は無理に笑った。

「惚れ薬みたいなものもあります。でも、そんなものがなくても、誰でもあなたに惚れると思うけどな」

「惚れ薬があるって本当？」

　女の目が輝いた。

「妖しい気と書く〈妖気妃《ようきひ》〉という香水のようなものがあって、その匂いを嗅《か》ぐと男が欲情して、じっとしていられなくなるんです。男が女に惚れてもらいたいときの香水は〈ゲンジー〉といって、元気堂が光源氏から名付けた苦心の商品です」

　涼子との一対一の講習で、学人は様々な元気堂商品の知識を詰め込んだ。今朝、社長から持たされた商品の中に〈ゲンジー〉があったのは、彩音の勘の冴《さ》えかもしれない。

「惚れ薬なんてあるはずがないわ……あったら高くても欲しいけど」

　女はまた溜息をついた。

「あります。本当にあります」

　学人は社長から渡された名刺を、女に差し出した。

「お会いしてからしか販売しない信用と信頼を大切にした会社です」

　学人はどうしてここにいるかを説明し、〈妖気妃〉も〈ゲンジー〉も駅のロッカーにあると説明した。

「そんなものがあるなんて信じられないわ。でも、もしあなたの言葉が本当なら、あなたが〈ゲンジー〉とやらを塗ったら、私はあなたを好きになってしまって、その……欲情してしまうということよ」

欲情というとき、女の言葉が詰まった。やはり女はこんなふうに恥じらいを持っていないといけない。

「そういうことでしょう?」

「そういうことです。ただし、気をつけないと、同時に複数に嗅がせたら大変なことになります。三角関係、四角関係で取り合いの大喧嘩です。ですから、ふたりきりのところでうまく使わないといけません」

「じゃあ、試してみるわ。そして、私があなたに欲情したら……〈妖気妃〉をいただくわ。効かなかったら買うわけにはいかないわ。でも……」

女は困った顔をした。

「それが効いたら、私はあなたをずっと好きだってこと?」

「いえ、匂いが消えたら、後は互いの心と心の問題です。本当の愛情が芽生えるか、パッとそれきり冷めてしまうか」

瑞絵《みずえ》と名のった女と交渉が成立し、学人はいっしょに駅に戻った。

「私、香林坊でお店をやってるの。あなたの言うことが本当だったら、うんとご馳走するわ。うちの治部煮《じぶに》、とってもおいしいのよ。月曜はお休みだから、明日になるけど」

瑞絵が香林坊の店のママと知り、学人は美人ママの手製の治部煮をご馳走してもらえるのなら、今夜は金沢に宿泊しなければと思った。唾液が溢《あふ》れた。

未亡人涼子とは、〈妖気妃〉も〈ゲンジー〉も試さなかったが、まちがいない商品だと言われた。

瑞絵は兼六園からさほど遠くない犀《さい》川を見下ろせる豪華マンションに学人を伴った。

瑞絵が玄関に入ったところで、学人は鞄から小指ほどの小さな小瓶に入った〈ゲンジー〉を出した。

「じゃあ、僕はドアの外でこれをつけますから、瑞絵さんがそこから匂いを嗅いでその気になったときは入れてください。それなら危険はないでしょう？　ドアチェーンもしておいていいですよ。あの……信用していただけたら、帰りに、この分も買っていただけますか？」

瑞絵は、もちろんよ、と笑った。

学人は封を切り、一回分の高価な〈ゲンジー〉を首のあたりとワイシャツの隙間から肌に吹きつけた。本当はペニスにつけてみたかったが、ここではそうもいかない。

ドアチェーンの隙間から瑞絵が鼻を突き出すようにして、学人の体臭と混じり合った

〈ゲンジー〉の匂いを嗅いだ。美人の小鼻は上品に動く。

（効け……効いてくれ）

学人は何としても商品を売りたかった。二分、三分……。気が遠くなりそうな時間が過ぎていった。

「何だか変……」

瑞絵が呟《つぶや》くように言った。

3

加賀友禅に身を包んだ瑞絵が、ドアチェーンの向こうから、クンクンと学人の匂いを嗅いでいる。

「やっぱり、何だか変よ……」

瑞絵は困惑した顔で言った。

「匂いますか？　あんまり匂わないでしょう……？」

仄《ほの》かな匂いだ。これで女を欲情させ、好きでもない相手を惚れさせることができるとは思えなくなってきた。それなのに、呆れるほど高価だ。しかも、一回分の量は微々たるものだ。

瑞絵に効かなければ、肝心の〈妖気妃〉を買ってもらえないだけでなく、〈ゲンジー〉の代金も自分持ちになってしまう。

「変……変なの」

瑞絵の眉間に悩ましい皺ができた。

さっきから変だと言っているが、それは変化が起きないからおかしいという意味だと、学人は思った。

いきなりドアが閉まった。

やっぱりダメだと学人は落胆した。だが、その後すぐに、チェーンを外す音がした。そして、ドアが大きくひらいた。

「どうぞ……」

玄関に入れてもらえたものの、交渉は成立せず、文句を言われるぐらいだろうと学人は覚悟した。

「時間……いいんでしょう?」

「は?」

「だから、約束していたお客様と会えなくなったのなら、しばらくここにいてもいいんでしょう?」

「ええ、そりゃあ……」

「じゃあ、上がって」

「いいんですか？」

「袖振り合うも他生の縁って……東京から出てきたあなたとあそこで会って、今、あなたはここにいて……不思議だわ……ご縁があったのね」

「はあ……」

「おいしい金沢の日本酒があるの。日本酒、嫌いじゃないでしょう？」

「もちろん。でも……」

「じゃあ、和室がいいわね」

案内された八畳の部屋には桐のタンスの他に、小さめの階段箪笥《だんす》などが置かれている。黒い漆《うるし》の座卓が光っている。

瑞絵は大吟醸《だいぎんじょう》と書かれた瓶と、品のいい薄手のクリスタルのぐい呑み、蕗《ふき》や竹の子の煮物などを運んできた。

知り合ってまもない妖艶な美女からの接待に、学人は戸惑った。

「ご縁よね……」

瑞絵はまたそう言って、学人のすぐ横に座った。

「うちにある最高のお酒なの。なかなか手に入らないのよ」

「そんな高価なもの……いいんですか……まだ開けてないし」

「二番目、三番目のお酒なんて呑ませられないわ」

「はあ……」

なぜここまでサービスがいいのか、学人は面食らうばかりだ。

着物の似合う瑞絵に酌をされると、上等の酒が、なおさら美味くなる。瑞絵は学人をじっと見つめていた。

「ママ……いや、女将《おかみ》さんかな……僕だけ先にいただいてすみません」

ぐい呑みはふたつ持ってきてあるというのに、学人はデリカシーのない自分に冷や汗をかいた。

「瑞絵って呼んで……」

まだ一滴も呑んでいないというのに、瑞絵の目は酔ったように潤《うる》んでいる。

「瑞絵さん……どうぞ」

ゾッとするような色っぽさに、酒を注ぐだけで酔ってしまいそうだ。

瑞絵はぐい呑みを持ったしなやかな指を傾けて、グッと一息に空けた。

「いけますね……」

呑み方まで優雅だ。

「膝、崩していいかしら？」

瑞絵は姿勢を崩すと、学人にしなだれかかってきた。

学人は溜まった唾液を、ゴクッと呑み込んだ。

いつしか股間のものが硬くなっている。こんなに色っぽい和服美人にしっとりとしなだれかかられては、勃《た》たないほうがおかしい。それでも、この状況についていけない。どこかおかしい。

「ねえ……呑んで」

甘やかな瑞絵の体臭が、胸元あたりから漂ってくる。ついつい逆三角形に開いている胸元に目を凝らしてしまう。

白い肌が透けるようだ。鬢《びん》のほつれ毛が学人を誘惑している。紅《べに》を載せた唇がわずかにひらいてぬらついている。

押し倒したい衝動に駆られているが、そうはいかない。新規開拓の客なのだ。そう思ったとき、

〈ゲンジー〉か……〈ゲンジー〉が効いてるのか！〉

ハッとした。

いくら元気堂の涼子からそういうものだと教えられていたとはいえ、自分には手の届かないような和服美人に惚れられるとは信じられない。しかし、実際に瑞絵は、ねっとりとした視線を絡《から》めてくる。

「僕のこと……嫌いじゃないですよね……？」

学人は恐る恐る訊いてみた。

「そんなこと……わかってるくせに……嫌いな人をお部屋に入れて、いっしょにお酒を呑もうなんて思わないわ」

学人の手を取った瑞絵は、懐《ふところ》に導いた。

（嘘だろ……こんなのありか？）

もはや〈ゲンジー〉の効き目としか思えない。

ふっくらしたあたたかい乳房にじかに触れたとき、学人はその手を動かしてふくらみを揉みしだいた。

「んふ……」

鼻からゾクリとする喘ぎが洩れた。

「僕とアレがしたくて、アソコが濡れてるんでしょう？」

〈ゲンジー〉は惚れ薬。効いているなら学人に欲情しているはずだ。学人は大胆な質問をした。

「そんなこと……」

「どうなんです？」

「意地悪……」

瑞絵の手は懐に入っている学人の手を取ると、今度は着物の裾《すそ》へと動いていった。

白い足袋《たび》が眩《まぶ》しい。学人は興奮しながら踝《くるぶし》から裾を割っていった。

瑞絵は白い足を伝って這い上がってくる手を拒むこともなく、むしろ、裾が割れるのを手伝うように、腰をくねらせた。

「着物に皺が寄るから……帯を解いて」

こうなると、行き着く先が見えてくる。心臓がドキドキした。

(〈ゲンジー〉の効き目は本当だ……凄いぞ。だけど、何時間効くんだ? 半日じゃなかったか?)

ズボンの中の肉茎をひくつかせている学人は、瑞絵のさりげない動きに導かれながら、帯締めや帯揚げを解いていった。

帯を解き、夜桜を描いた友禅を脱がせると、袖口は白いものの、他は真紅の、強烈な長襦袢《じゆばん》が現れた。

(発情の色だ!)

全身の血がたぎった。

4

袖口だけ白く、他は血のように紅い瑞絵の長襦袢に、学人は眩暈《めまい》がした。

どうして男は赤を見ると興奮するのか。闘牛のように猛烈に突進したくなる。鼻息も荒くなる。だが、待て待てと、必死で欲望を抑えた。

（俺は元気堂の社員で、この人は客だ。セックスなんかしたのが社長にばれたらクビだ。そしたら、また失業して、社長との旅行もできなくなる。未亡人の涼子とも二度と……）

ここまで来ていながら、ふいに手を止めた学人に、

「私……魅力がないのね……」

瑞絵が哀しい顔をした。それがまた憎いほど色っぽい。すぐさまむしゃぶりつきたいほどだ。

「魅力がなくてこんなになるはずがないじゃないか。瑞絵さんは魅力の塊《かたまり》だ。女として最高だ」

学人は瑞絵の手を取って、ズボン越しにふくらんだ中心に持っていった。

「あう、おっきい……」

「コレが瑞絵さんのアソコに入りたがってるのはわかるでしょう？」

瑞絵がほんのり頬を染めて頷いた。

「だけど、僕は元気堂の商品を売る人間で、瑞絵さんはお客さんで……そんなことになったらクビになります。公私混同してはいけないんです。〈ゲンジー〉の効き目がわかったら、〈妖気妃〉を買っていただけると約束してくれましたよね？」

「そんなこと……野暮《やぼ》……何て野暮な人なの」

潤んでいた瑞絵の目から、涙がこぼれ落ちた。

「どうしてセールスの人を好きになっちゃいけないの？　あなただってこんなになってるのに……」

恨めしくてならないという口調と視線に、学人は突進するしかないと思った。イケイケとペニスが暴れている。だが、どうしても美人社長彩音の顔が浮かんでくる。

彩音も欲しい。涼子も欲しい。瑞絵も欲しい。しかし、そうはいかないはずだ。

ケイタイが鳴った。

学人はビクリとした。

社長からだ。こっそりとマイクでも取りつけられていて、ことの次第を聞かれていたのではないかと冷や汗が出た。

「お会いできた？　うまくいきそう？」

「それが……」

学人はすぐに戻ってくるからと瑞絵に言い残し、いったん玄関から外に出た。そして瑞絵と知り合って〈ゲンジー〉を嗅がせ、大変なことになっていると彩音に話した。

「まあ……〈ゲンジー〉をあなたがつけて、その人に……？」

「どうすればいいですか。困ってるんです。僕は元気堂を汚《けが》すようなことはしないつもりです。でも、彼女が……」

「効き目は半日。それまでいっしょにいるしかないわね」

「でも……」

「お客様のニーズに全身全霊でこたえること。これが元気堂のモットーです」

「でも……そうすると……あの……彼女の求めに応じて……その……」

「半日は長いから、〈珍辰〉なんかもお使いなさい。そうすれば、彼女を死ぬほど悦ばせてあげることができるわ。でも、いろいろあなたがうちの商品を使うとしても、その分、お客様に支払っていただかないと、給料から天引きしないといけなくなるわ。そこのところ、お客様とよく交渉してね」

「それは……つまり……あの……」

「そう。あなたが考えてることしかないわ。心配なら、彼女に一筆書いてもらっておけば？　頑張ってね」

電話が切れた。

〈つまり、セックスを求められれば応じていいということか……〈珍辰〉なんかもお使いなさいと、はっきり言ったもんな……しかし、ほんとにいいのか……〉

学人は嬉しいより先に困惑した。

和室に戻ると、瑞絵はシクシクと泣いている。

「好きな人がいるのね……女の人の声だったわ」

「元気堂の社長です。社長がお客様には全身全霊でこたえなさいと」

「お客様じゃないわ。私は女よ。あなたという男性を好きになった、ただの女よ」

生まれて初めて聞いた感激の言葉だ。〈ゲンジー〉が効いているからだとわかっていても、男として幸せすぎる。これほどの名誉ある言葉を、こんな和服美人から聞けるのは、人生、最初で最後かもしれない。

「わかりました。人間、素直にならなくちゃいけないんだ。僕だって瑞絵さんを求めて、ずっとアレが痛くてたまらなかったんだし」

「これが……痛いの？」

瑞絵はズボン越しにもっこりしたものをさすった。

「あう……瑞絵さんみたいな素敵な人に触られると、すぐにイキそうだ」

アッという間に気をやっては男の恥だ。〈ゲンジー〉の効き目も半日のはずが、いっぺんに失せるかもしれない。

元気堂の講習と称して、社員の涼子とただれるほどセックスしたが、やはり〈魔羅不思議〉や〈珍辰〉、〈赤天狗〉など、次から次へ使ったせいで長持ちしたのだ。

情けないことだが、まだ精力剤なしでは自信がない。

「うちの商品に、男が長持ちする奴がいろいろあるんだ……飲んでいいかな」

そのあと、料金は払ってもらっていいだろうかと言いたかったが、野暮と言われるだけでなく、今度こそ〈ゲンジー〉の効き目も一瞬にして消え失せ、追い出されるかもしれないと思ってやめた。

自腹を切ることになっても、金沢に来て、いきなり香林坊の美人女将を抱けるならいいじゃないかと、商売のことが頭から消えた。

「ずっとできるのね……だったら、うんと飲んで。何本でも」

「何本でもと言われても高いんだ」

「払えなくなったらこのマンションを売ればいいわ。まだ足りない？」

さすがに学人も呆れ、二の句が継げなかった。だが、そんなに言ってくれるならと、〈珍辰〉といっしょに、高価な〈槍《やり》ヶ茸《たけ》〉も飲んだ。

〈槍ヶ茸〉は名前のように、肉マツタケが槍のように硬く鋭くなるという強力ドリンク剤だ。それでも尖《とが》るはずはなく、笠が大きくひらくので、それで女壺の入口をコリコリと引っかけてやれば、女泣かせの最強の武器になる。

「こんなもの、早く脱いで」

瑞絵がズボンのファスナーを下げた。

黒光りした雄々しく反り返る剛棒が現れ、瑞絵の目が丸くなった。

「こんなおっきなお肉の棒……初めて」

瑞絵の白い喉がコクッと鳴った。

5

〈珍辰〉だけでなく、〈槍ヶ茸〉を飲んだ学人のペニスは、笠が大きくひらき、テラテラと黒光りして、弓のように反り返っている。

みごとな肉杭に驚いた瑞絵は、しげしげと眺めた後、立っている学人の前にひざまずいて、愛しげにパックリと口に入れた。

「うっ……」

学人の全身に電流が走った。

真紅の長襦袢だけでも昂《たか》ぶるというのに、やわやわとした上品な口で肉杭を食べられてしまうと、その感触と、ねっとりとした唾液のあたたかさで、アヌスにまで疼きが走る。

和風の女の鬢《びん》のほつれ毛は、なんと艶やかなのだろう。香林坊に店を持つ女将が、自分からひざまずいてフェラチオしているのが信じられない。

ほんの十日ほど前まで失業者だった自分も信じられない。勤めていた会社が倒産の後、半年も職がなく、最悪の人生になるかと思ったが、今は最高の人生だ。今日だけでなく、明日も宝石のように輝いている。

瑞絵はエラの張った肉笠が気に入ったのか、亀頭をこってりと舐めまわしては、鈴口に舌を入れるようにチロチロと舐める。そして、カリの部分は唇に引っかけるようにして、何度も頭を前後させた。

ズンズンと全身に広がっていく快感に、学人は歯を食いしばった。

「凄いお肉の棒……こんなにエラが張ったマツタケ、初めて……こんなのがアソコに入ったら……」

肉根から顔を離した瑞絵は、学人を見上げてコクッと白い喉を鳴らすと、また視線を落とした。

「瑞絵さんの下の口も、コレを欲しがってるんだろう？　だったら、服を脱がせてもらいたいな。下だけ脱いでるなんて格好悪いだろう？」

惚れ薬の〈ゲンジー〉が効いているなら、瑞絵は心も躰も学人に捧げたいと思っているはずだ。学人にさえまだ信じがたい現実だが、確かに薬は効いている。瑞絵が自らフェラチオを始めたのが何よりの証《あかし》だ。

瑞絵は立ち上がって、かいがいしい妻のように、学人のワイシャツのボタンを外しはじめた。

正面に立っている瑞絵の、ぼおっと染まった瞼《まぶた》や頬のあたりを見つめていると、学人はこれまで以上に欲情した。

ワイシャツが脱がされ、素っ裸になったとき、学人は瑞絵を畳に押し倒して唇を重ねた。

「んふ……んく……」

舌を動かして唾液を奪い取る激しいキスに、瑞絵は鼻から湿った息を洩らしながら喘いだ。

学人は仄かに甘い瑞絵の体臭を鼻孔に感じながら、片手を長襦袢の懐に入れて乳房を揉みしだいた。

「んくく……」

瑞絵は胸を突き出すようにして身悶えた。

唇を強く押しつけた学人は、さらに激しく舌を動かしながら、瑞絵の口の中を動きまわった。

懐が熱くなってきた。乳首がコリコリとしこっている。体温が上がってきたのがわかる。

乳首を抓《つま》んでそっと揉んだ。

「んく……くっ」

瑞絵の肌が汗ばんできた。

乳首だけいじっていると、瑞絵が首を振り立てながら顔を離した。

「だめ……」

切なそうな表情があまりに色っぽく、学人は瑞絵を頭から食べてしまいたくなった。

「ね、だめ……」

「感じてるじゃないか」

「ソコだけじゃ……イヤ」

鼻にかかった声で、瑞絵は誘うように言った。

「じゃあ、どこがいいんだ」

学人はわかりきったことを訊いた。

「意地悪……」

瑞絵が拗《す》ねたような目を向けた。

熟した女の誘いの目に、学人の肉杭の先から透明液が溢れた。

伊達締《だてじ》めを解いて長襦袢を脱がせるより、そのままのほうが色っぽい。学人は、裾に手を入れた。

太腿を伝って秘密の部分まで手をやると、付け根のあたりは汗でねっとりと湿っている。もう少しだけ這い上がると、指先に恥毛が触れた。

「穿《は》いてないのか……」

学人は喉を鳴らした。

「着物のときは……ショーツなんか穿かないわ……湯文字がショーツのかわりだもの……」

「湯文字……？」

「お腰《こし》よ」

「腰巻きか」

瑞絵が頷いた。

兼六園に立っていたときも瑞絵はスッポンポンだったのかと、学人はやけに興奮した。

「着物を着ている女は、みんなスッポンポンなのか」

「着慣れていれば……でも、そんなこと、どうでもいいでしょう？　ほんとに意地悪な人」

瑞絵はまた妖艶な目を向けた。

「ね、シテ……」

瑞絵はこれ以上、待ちきれないというように、学人の股間のものに手を伸ばした。

今すぐ合体するのは簡単だ。それに、瑞絵も望んでいることなのでそうしたいが、それでは芸がない。

瑞絵は逃げたりしない。精いっぱい自分で楽しみながら、瑞絵にも楽しんでもらわなくてはならない。

　この状況になっていながら、そんなふうに余裕があるのは、時間限定とはいえ、〈ケンジー〉によって瑞絵に心底惚れられている確信があること、さらに〈珍辰〉と〈槍ヶ茸〉を飲んで、体力にも自信があるからだ。

「フェラチオしてくれたから、お返ししなくちゃな。瑞絵さんのアソコをじっくり見せてもらおうか。もう濡れてるんだろう?」

「いやらしい人……」

　瑞絵はそう言いながらも、自由にしてというように、目を閉じた。恥じらうように睫毛《まつげ》がフルフルと震えた。

　学人は猛烈に昂ぶった。

　一度、着物の女とセックスをしてみたかった。それも、全部脱がせたりせず、裾をまくり上げていやらしいことをしたかった。

　妻は着物など着ない。

　今までつき合ったどの女も洋服ばかりだった。

　着物の女と一戦交えることがないままに人生が終わると思っていただけに、この機会を逃すわけにはいかない。今こそ、妄想していたことを実行するときだ。

　伊達締めも解かないまま、着物の裾と湯文字を左右に大きくひらいた学人は、白い太腿の眩しさに欲情し、次に、肉のマンジュウに載ったうっすらした翳りに興奮した。

太腿の間に割って入った学人は、ピッタリと閉じていた肉のマンジュウを、左右の親指でクイ〜ッとくつろげていった。

スリットが離れ、蜜でネトネトした花びらが現れた。

6

指でくつろげた肉マンジュウの内側の、蜜で銀色に光る女の器官の美しさに、学人は荒い息を吐きながら見入った。恥毛が揺れた。

女の顔がひとりひとりちがうように、女の器官もみんなちがう。色も形も、ひとつとして同じものはない。

瑞絵の肉マンジュウはさほど土手高ではなく、花びらはアワビというよりずっと小さなトコブシという感じで、肉はほどよい厚さだ。その縁はわずかに着色していて、あとはサーモンピンクなので、いっそうアワビやトコブシの感じに似ている。

もう少し肉マンジュウを大きくひらくと、花びらの内側のパールピンクの粘膜が、鮮やかな色で現れた。秘口に透明な蜜がたっぷりと溜まっている。もう少しで会陰《えいん》を伝って流れ落ちそうだ。

「そんなに……見ないで」

目をあけた瑞絵が腰をもじつかせた。

「ぐっしょり濡れてるぞ。見られるだけで感じるのか。いやらしいな」

学人は相変わらずくつろげた器官を眺めていた。指で広げたまま見ているほうが、無闇に触るより、よほど猥褻だ。

「イヤ……そんなに……見ないで」

恥じらう瑞絵の腰の振り方も、なかなかいい。

金沢に着くなり、香林坊の女と、こんなにいやらしいことをしているのだと思うと、学人は卑猥の限りを尽くしたくなった。

「どんなことをしてほしいんだ？」

さらにマンジュウを広げていった。

「あう……そんなこと……言わせないで。早く、おっきなのをちょうだい。焦らさないで。入れて」

焦らさないでと言われると、もっと焦らしたくなる。

「大きな何が欲しいのか言ってもらわないと」

「そんなこと、わかってるくせに」

催促するように、尻がくねくねとくねった。

「指の中では親指がいちばん太いな。だけど、長さは中指がダントツだ。中指を入れてほしいのか」

わざと肉杭は入れず、まずは指を上向きにして、潤んでいる秘口に押し込んでいった。

「あはあ……」

瑞絵が眉間に小さな皺を寄せて喘いだ。

獲物を待っていた食虫花のように、女壺は熱く滾《たぎ》り、指を骨まで溶かしてしまいそうだ。だが、溶かされていくほどに恍惚となり、やがて消えていく運命とわかっていても、そこから逃げ出したいなどとは思わず、悦楽の中で果てるほうを選びそうだ。

根元まで指を沈めた学人は、ほんの一センチほどを出し入れした。妖しく滾る蜜壺の魅惑のために、せっかく奥まで押し込んだ指を出すのが惜しい。

チュクチュクと猥褻な蜜音がする。

「イヤ……そんなのイヤ……もっと……ね」

学人は指を深く挿入していたいという気持ちから動きを小さくしていたが、それが瑞絵にとっては耐え難い焦らしになるらしい。

「もっと……もっと大きいのをちょうだい」

瑞絵が泣きそうな声で哀願するのを聞いても、はい、わかりました、と素直にペニスを入れる気にはならず、もっと焦らしてみたくなる。

これは学人にとって驚きだった。

女を焦らしたいときに飲めば忍耐力が増す〈ジラシー〉も飲んでいない。それなのに、これまでならとうに挿入している状況にあっても、まだまだ我慢できる。そもそも今の学人に、我慢しているという気持ちはない。焦らしたいから焦らしているだけだ。

「早く……」

「わかった。もっと太いのがいいか。じゃあ、二本にしよう」

出したくない指を出し、人差し指も添えてグ～ッと押し込んでいった。

「あう……いい……もっと早く動かして……お願い」

お願いされても、そう簡単には聞き入れたくない。ゆっくりゆっくり動かして、瑞絵がくねらせる抜群に色っぽい腰の動きを楽しみたい。

「意地悪！　意地悪！　意地悪！　こんなに好きなのに。意地悪！　早くして！　してくれないなら……」

上品な瑞絵が、これ以上我慢できないというように叫んだ。

「してくれないなら何だ」

「自分のオユビでするから」

瑞絵は肉のマメを包皮の上から丸く揉みしだきはじめた。

さすがに学人は唖然としたが、女のオナニーはめったに見られない。元気堂の社員、未亡人涼子のオナニーを見たのが生まれて初めてだったが、指ではなく、大人のオモチャを使ってだった。

細い指だけ使って肉のマメを揉みほぐしている瑞絵の動きは、何ともいやらしくてそそられる。

「お……」

オナニーが始まってから、女壺に入れている指がクイクイと締めつけられる。学人は思わず声を上げた。

元々締まっていた女壺だが、ついに食虫花が本性を現して、本格的な咀嚼《そしゃく》に入ったという感じだ。

学人はこの妖しい感触をたっぷり楽しみながら、瑞絵が自分の指でイク瞬間を見たいと思った。

だが、瑞絵は指を動かしながら、鼻をすすりはじめた。それが徐々に激しくなり、いつしか嗚咽《おえつ》に変わった。

「どうしたんだ……」

学人は戸惑った。

「こんなに好きなのに、あなたは私のことが嫌いなのね……だから、私にこんな恥ずかしいことをさせるのよ……あなたは私を抱く気がないのよ……それなのに私の帯を解いて、着物を脱がせて……こんな格好のまま自分のオユビでさせて……もうじき出ていくんでしよう？　きっとそうよ……惨めだわ……死にたいわ……私、死ぬわ」

瑞絵がしゃくり上げた。

「もう死ぬしかないわ」

肉のマメから指を離した瑞絵が、起きあがろうとした。

「死ぬの」

「待て！」

慌てた学人は女壺から指を出し、瑞絵を押さえ込んだ。

〈ゲンジー〉が効いているので、瑞絵は学人に惚れ抜いている。早くひとつになりたい気持ちを無視されて、弄《もてあそ》ばれていると思っている。セックスでは焦らしも必要なはずだが、瑞絵の性格からか、〈ゲンジー〉のせいか、執拗な焦らしは通用しないらしい。

「瑞絵、そろそろぶっとい注射の時間だぞ。入れたいと思ってたんだ」

呼び捨てにした学人は、エラの張った肉マツタケを、濡れた女壺にズブ～ッと押し込んだ。

「はああ……」

泣いていた瑞絵が悦楽の喘ぎを洩《も》らした。

7

ようやく学人のたくましいペニスに貫かれた瑞絵は、濡れた唇をかすかにひらいて喘いだ。

熟女の涙の跡がいじらしい。深い繋がりを求められて泣かれたと思うと、学人は妻のことなど忘れ、瑞絵を連れて地の果てに逃避行したくなった。美人社長の彩音のことさえ忘れていた。

「奥まで入ったぞ。これでいいのか」

「意地悪ばっかりして……あん……気持ちいい」

学人が腰を揺すりたてると、瑞絵はうっとりした喘ぎを洩らした。

「好き……死ぬほど好き……ずっとこうしていて」

かつて囁《ささや》かれたこともない激しい愛の告白に、感激した学人の肉柱はクイクイと反応し、〈槍ヶ茸〉のために広がっている肉笠は、さらに膨張して瑞絵の肉のヒダを外側に押した。

「あは……私の中であなたのものが……おっきくなっていくわ……凄い……こんなの初めて……あう……お腹のなかがいっぱい」

「お腹じゃないだろう？　オ××コの中だろう？」

　学人は自分に惚れ抜いているはずの瑞絵になら何を言っても大丈夫かと、猥褻な四文字を口にした。

「いや……」

　恥じらいといたたまれなさをごったにしたような表情をして、瑞絵は学人から視線を逸《そ》らした。

「オ××コがいっぱいですと言ってみろ」

「いや」

「言わないと抜くからな」

「意地悪……そんなこと……言えない……」

　瑞絵は離されまいとするように、学人の腰にまわしている手に力をこめた。それでも学人はかすかに腰を引いた。

「あ……いや」

　微妙に結合がゆるんだ分だけ瑞絵の腰が近づいた。それは一センチにも満たないはずだが、深く合体していたい瑞絵にとっては、たった一ミリの隙間でも重大なはずだ。

「言わないなら本当に抜くぞ」

「だめ」

まるで迷子になるのを怖れる子供が、必死になって親にしがみついているようだ。瑞絵の動作は笑みを洩らしたくなるほど可愛い。それでも学人は何が何でもいやらしい四文字を言わせたいという気持ちから、渋面を装って腰を引いた。

「だめだめだめ。だめっ！」

また瑞絵の腰が近づいた。

「アレを言わないと抜くと言っただろう？」

「あんないやらしいこと……言えないわ」

はいはい、言います、などと言われたのでは興醒《きょうざ》めだが、言えないと言われると、是が非でも言わせたくなる。

学人が腰を引く。瑞絵が近づけてくる。畳との間に徐々に隙間があいてくる。瑞絵も必死だ。

そのとき、学人は以前からしたいと思っていた体位で瑞絵と交わりたいと思った。

「よし、言わなくてもいい。そのかわり、好きにさせてもらうぞ。いいか？」

「好きにして……」

〈ゲンジー〉のせいとはいえ、学人に惚れ抜いている瑞絵だけに、案外簡単に望む返事が返ってきた。

「よし、約束だぞ。いやと言ったら帰るからな」

追い出されても出て行きたくない気持ちをおくびにも出さず、学人は言い放った。

「ワンちゃんになれ。バックからだ。すぐに入れてやるから、ちょっとだけ抜くぞ」

勢いをつけて腰を浮かすと、瑞絵はしょせん女、必死にへばりついていたというのに、容易に躰が離れた。

まだ激しい抽送もしていないというのに、瑞絵の女園は猥褻に濡れそぼり、蜜液がネットッと恥毛を濡らしている。

粘り気のある蜜は、瑞絵の本性を現しているのではないかと思え、学人も遠慮のないいやらしいオス獣になるのだと、血を騒がせた。

起きあがった瑞絵は、紅い長襦袢を脱ごうとした。

「そのままだ」

「このまま……?」

「ああ、そのままワンちゃんになれ」

紅い長襦袢を着せたまま、裾をまくって尻を丸出しにしてバックから挿入する興奮はどれほどのものだろう。

本当は着物をまくり上げてしてみたかったが、長襦袢が火のような色となると話がちがってくる。

桜吹雪の加賀友禅も絶品だが、ともかく、紅い長襦袢なら文句はない。

「約束を守らないなら本当に帰るぞ」

「だめ」

瑞絵は慌てて四つん這いになった。

真後ろから眺めると、なかなか尻の格好がいい。美味《うま》そうに熟した巨大な桃の実だ。

「ちょっとでも尻を落としたら帰るからな」

帰るというのを脅しに、鼻息荒く、紅い長襦袢の裾を湯文字ごとまくり上げた。湯文字も赤なので、ゾクゾクする。

白い太腿が現れ、尻肉が現れたときは頭が熱くたぎり、鼻血が噴き出してもおかしくないほど興奮していた。

四つん這いの女の真後ろからアソコを眺めると、ただでさえ、女を見ているというより発情したメスを見ている気がして、昂《たか》ぶりは増す。

そもそも、そんな姿でメスの器官を見せてくれる者などめったにいない。よほど親密になったとしても、相手が猥褻な感情を持っていないと軽蔑される危惧もある。

瑞絵ほどの女が、紅い長襦袢と湯文字をまくり上げられた破廉恥な格好で四つん這いになり、性器を晒《さら》しているのだから、卑猥さと新鮮さは抜群だ。

くっついている瑞絵の膝を離した。

「いや……」

瑞絵は尻を振ったが、文句は言わない。だが、やはり恥ずかしいのか、尻を絶えずもじつかせている。それもまた、いやらしい風情《ふぜい》がある。

「動くなよ」

学人は尻肉を両手で左右にクウ〜ッと押し広げていった。

「あ……だめ」

尻がクネクネと動いた。

「こんな格好をすると興奮するのか？　瑞絵のオ××コ、ビショビショだぞ」

「言わないで……そんなに見ないで……早くシテ」

肩越しに振り返った羞恥の瑞絵に昂ぶり、学人は苦しいほど胸を喘がせた。そして、秘園に顔をつけ、銀色の潤みを溢れさせている女壺に、真後ろから尖らせた舌を押し込んだ。

8

「ヒッ！　くっ！」

紅い長襦袢の裾を背中までまくり上げられ、ワンちゃんスタイルになっている瑞絵は、破廉恥に秘壺の器官を眺めていた学人が、いきなりソコに舌を押し込んだことで、短い声を上げて総身を硬直させた。

学人は尻を落とされないように、巨大な桃尻をつかんでいた。

舌を入るだけ押し込むと、尻の双丘の谷間で鼻が塞がれ、窒息しそうになった。

慌てて舌を出し、息ができるように、秘口周辺をペチョペチョと舐めた。塩辛いヌルヌルの蜜が、舐めれば舐めるほど湧き上がってくる。

「あは……ん……くっ……んんっ……だめよ……感じすぎてだめっ」

瑞絵が尻を振った。

感じすぎるならいいじゃないかと、学人は秘口、花びら、花びら横の肉の溝など、目いっぱい、すり切れるほど舐めまわした。

「イ、イク……だめ……んんっ！」

気をやった瑞絵が四つん這いの腕をガクガクと震わせて、激しく痙攣した。

肉アワビの中心が収縮を繰り返している。そのたびに、絞られるように蜜が溢れ、ツ〜ッと、したたり落ちた。

学人は秘口がひくついているうちに、テラテラ光っている笠の張った亀頭を、真後ろから瑞絵の中心に打ち込んだ。

「くううっ」

エクスタシーが完全に治まっていないときに太いものを挿入され、また瑞絵が気をやった。

「おおっ……締まる……ちぎれそうだ」

肉根を押し込んだまま、学人は奥歯を噛《か》み締めた。それから、ゆっくりと抜き差しを始めた。

「あう！　まだだめ！　動かさないで。ああっ！」

感度がいいのか、〈槍ヶ茸〉の効果で巨大化しているカリで肉ヒダをこすられるのがたまらないのか、学人が腰を動かすたびに瑞絵は絶頂に悶え狂い、肉根を食いちぎらんばかりに締めつけてくる。

（おおおっ！　またきた！　これをやられっぱなしじゃもたないぞ）

学人は瑞絵と繋がったまま手を伸ばし、元気堂の特製鞄から〈珍辰〉を取り出し、射精が長引くようにと一気に飲んだ。

こうなると商売どころではない。紅い長襦袢の瑞絵と一分一秒でも長く繋がっていたいだけだ。〈珍辰〉の金は次の給料から払えばいい。

学人は射精しないまま、瑞絵を突きまくった。

「だめェ！　だめ！　いや！　またイク、またイクの……くううっ！」

瑞絵は乱れに乱れ、何度も何度も女壺を痙攣させる。

学人は瑞絵のイクときの顔を見たいと、剛直を抜いて仰向けにした。雪のように白い乳房が、ひらいた懐からこぼれている。赤と白の対比が眩しい。乳房の真ん中の乳首がしこりたっている。

学人は正常位で突き刺し、ふたつの乳首を同時に指先でいじった。

「くっ……あう」

あられもない姿の瑞絵が、肩先をくねらせた。乱れきって額や頬に落ちた髪が、瑞絵を以前にも増して妖艶にしている。

「もっとか? もうやめるか?」

乳首をいじる手を止め、腰を引く素振りを見せると、汗ばんでいる瑞絵は、慌てて腰を突き出した。

「もっとか。オ××コがそんなに好きか」

「あなたが……好き」

瑞絵の言葉に、学人は背中がウズウズした。

「俺が好きでもオ××コは嫌いか」

「好き……」

瑞絵ははにかみながら言った。

「もっとはっきり言ってみろ。ちゃんと言えたら、朝までだってしてやるぞ」

まだ夕方にもなっていないのに、学人は半日以上先の約束をした。

「オ……オ……オ××コ好き。いやっ！」

自分で言っておきながら、瑞絵は卑猥な四文字に激しい羞恥を感じて顔をそむけた。

その恥じらいの顔と美人女将の口から出た四文字に煽《あお》られた学人は、瑞絵の足を肩に載せ、突き上げた。

「ああう！　背中まで！　突き抜けそう！　んんっ」

空中で真っ白い足袋が揺れる。紅い長襦袢は瑞絵の躰を包むものではなく、単なる敷物になっている。その紅の上で身悶え、乱れ、声を上げている白い女体に、学人の興奮も最高潮に達した。

「いやらしいこと好きか」

「ああう、好き」

「俺のこと、好きか」

「くっ、好き」

汗みどろのふたりは、今や二匹の野獣になって、正常位で横臥位で、後背位でと、体位を変えながら交わり続けた。

いつしか瑞絵の長襦袢や湯文字は躰から離れ、裸になっている。だが、白い足袋だけはそのままで、和服を着ていた面影は残っている。

白足袋だけそのままにしてセックスするのも色っぽいものだと、学人は瑞絵の足が宙で揺れる体位を選んだ。

互いの恥毛も蜜でネトネトになっていく。瑞絵の花びらは激しい抽送の摩擦で風船のようにふくらんでいった。

ついに学人にもそのときが来た。

「イクぞ」

四十八手でいう〈こぼれ松葉〉の変形の〈菊一文字〉の体位で、最後の突きを加え、精液を吐き出した。

「ああっ！」

瑞絵も学人の樹液を搾《しぼ》り取るように、何十回めかの法悦に打ち震えた。

「私を離さないで。ね、約束して」

何度もの絶頂の後、瑞絵はそう言って、いつしか眠りに落ちた。

学人は勝手に浴室を使わせてもらった。

戻ってきても、瑞絵は目覚めるようすがない。寝室に抱きかかえていって寝かせた。

寝顔を見ていて飽きなかった。本当に惚れられたのかもしれないと、学人は幸福だった。

よほど体力を消耗したのか、瑞絵が目覚めたのは夜中だった。

「嘘！」

瑞絵は、裸のまま寝ている自分の横にいる学人を見たとたんに叫んだ。

「覚えてるわ！　全部！　会ったばかりのあなたと……」

「そうだ、アレをしたんだ」

「嘘、嘘、嘘。いやっ！」

瑞絵は両手で顔を覆って全身でイヤイヤをした。

「私、そんなつもり……私が好きなのは板さんだけ。それなのに」

学人は愕然とした。惚れられたらしいとニンマリしていたが、どうやら〈ゲンジー〉効果だったようだ。

第3章　京都の愛人

1

学人は京都に向かっていた。

瑞絵に嗅がせた惚れ薬〈ゲンジー〉の効き目が半日を過ぎて消えてしまい、好きな相手は店の板前だと告白されてしまった。

本気で惚れられたと思ったが、たいして見栄えのいい男でもない自分が、ある日突然、極上の女にモテるようになるはずがない。

だが、その極上の香林坊のママを、紅い長襦袢のまま、破廉恥な姿で存分に抱けたことは感謝しなければならない。以前は絶対に不可能だったことだ。

しかも瑞絵は、学人の飲んだ〈ゲンジー〉〈槍ヶ茸〉〈珍辰〉の代金を払ってくれただけでなく、なかなか自分になびいてくれない仕事一筋の板前の気持ちを何としても自分に向けたいと、持参した〈妖気妃〉すべてを買い取った。それでも足りないと、追加注文し、できるだけ早く送ってくれとも言った。

さらに、板前とセックスすることになったとき、うんと頑張ってもらいたいからと、数種の強壮剤も買ってくれた。

いかに瑞絵が板前に惚れているかわかり、学人は複雑だった。だが、その金額を合計すると、一般庶民が買える金額ではない。

元気堂に電話して、社長の彩音に〈妖気妃〉の追加発送を頼み、売り上げを報告した。いきなりそれだけ売るのは驚異的だと、手放しで誉められた。瑞絵に振られたことも忘れ、単純に嬉しかった。そして、彩音のために頑張ろうと気を取り直した。

そのあと、本来の客だった井之川圭子《いのかわけいこ》から電話があり、父親の看病で、数日、戻れないと言われた。とっさに学人は、今からすぐにお見舞いに伺いますとこたえていた。

口惜《くや》しいが、惚れ薬まで売ったからには、瑞絵と板前がうまくいくように祈るしかない。そして、前向きに次の客にアタックだ。

金沢に別れを告げ、京都駅に立つと、和服を着た女達が行き交っていた。瑞絵が脳裏に浮かんでくるのを払いのけ、圭子の父の入院している病院に向かった。

詰め所で部屋を訊き、病室に入った。

「出てって。また来たの？」

「私が面倒見るわ」

「財産を狙ってるんでしょ？　冗談じゃないわよ。保母さんでしょ？　あんたなんか、子供だけ相手にしてればいいのよ」

女ふたりが言い合いを始めたところだった。そのうち、殴りかからんばかりの険悪な雰囲気になった。

学人はふたりの中に割っていった。

「あなた、誰よ？」

「元気堂の由良学人と申します」

どうやら圭子はパッとしない年増のほうで、肩までの栗色の髪をソバージュにしている目の大きな女は、圭子の父親の愛人で、保母。明日美《あすみ》という名前らしい。まだ二十半ばのようだ。

ベッドに横たわっている白髪の三郎《さぶろう》は七十三歳と聞き、学人は自分がこの歳になったとき、こんな若い愛人がいるだろうかと羨《うらや》ましかった。

「父がこんなになったのはこの女のせいなの。男ヤモメの父を殺して財産を自分のものにする気なのよ。そうはいかないわ」

「殺すですって？　私がどうして愛するパパを殺すのよ」

「愛するパパですって？　気持ち悪いこと言わないで。あんた、オツムがおかしのね。孫みたいな歳のくせに」

「あ～ら、若すぎてごめんなさいね～。せいぜいオバサンぐらいだったらよかったの？」

「オバサンですって？」

三郎が、ううっ、と呻《うめ》いた。

「病人の前でまずいですよ。ひとまず話の続きは外で」

学人はふたりを強引に病室の外に引っぱり出した。

圭子が学人に耳打ちした。

「元気堂の薬が高いのはわかってるわ。あの女を父から離してくれたら、五十万円分、買ってあげるわ」

「五十万円分ですか……」

「不満？　だったら百万円分。どうせ役に立つんだからいいわ。私の亭主、早漏でどうしようもないの。効く奴、あるわね」

「もちろんです。何時間でも」

圭子がコクッと喉を鳴らした。

「お金で解決できるなら安いものよ。変なホストなんかに引っかかるより安上がりと思うわ」

圭子はホストに騙《だま》されて大金をはたいたことがあるのだと、学人はそれとなく察した。

「百万円分、買うから、あの女をどうにかして」

「何をコソコソやってるのよ」

明日美が背後で不機嫌な声を出した。

学人は明日美に愛想笑いして耳打ちした。

「パパさん、まだアレ、いけてますか」

「七十三よ。バクバクできるはずないでしょ。でも、オクチとオユビはなかなかなの。年季が入ってるわ」

明日美は圭子に聞こえないように、しかし、大胆にこたえた。

「七十三歳でも、必ずできる薬があるんだ。パパさんが退院したら使うといい」

「ほんと？」

「元気堂の製品はまがいものじゃない。じっくり説明してやるから」

「説明って、試してくれるってわけよね？」

「えっ？」

「そんなものを口で説明するだけで説得できると思ってるの？　自分の躰で試してくれるんでしょ？」

客の圭子の希望で、ひとまずこの場を収めるために、明日美をどこかに連れていかなければと思って口にしてみただけに、意外な反応が返ってきて困惑した。

「私のマンションで試して。効きそうならパパに買ってもらうから。私のアソコに硬いペニスを入れることができるとなったら、パパ、喜んでいくらでも買うはずよ」

「さっきからパパ、パパと言ってるけど、保母さんなんだろ？」

「保母が交際相手の男のことを、パパと言っちゃおかしいわけ？」

「いや別に……幼稚園じゃ、先生と呼ばれてるんだよな？」

「お姉ちゃんと呼ばせてるわよ。さ、行きましょ。パパは命に別状ないんだから。それをこの女が悪化させようとしてるの」

「何ですって！」

　学人は慌てて明日美を病院から引っぱり出した。

「ほんとに財産目当てじゃないよな？」

「失礼ね。私もパパが好きだし、私を死んでも離したくないと言ってるのはパパよ。パパは私にいろんなことをされるのが最高に幸せなのよ。ちょっと変わってるの」

　明日美が妖しい笑みを浮かべた。

2

「どれがパパに効くわけ？」

学人をマンションに入れた明日美は、元気堂特製の鞄に興味を示した。

「何が入ってるか見せてよ」

「商品だけじゃなくて、着替えなんかも入ってるから……」

リビングで鞄をそっと開けた学人は、覗き込もうとする明日美の視線を遮《さえぎ》るように、慌てて閉じた。

社長の彩音が、これも役に立つかもしれないからと、大小のバイブまで入れてしまった。明日美にそれを見られるのは恥ずかしかった。

「精力剤を売ってるなんて嘘じゃないの？　私を犯すつもりで、ここに入る口実にしたんじゃないの？」

明日美が思いがけないことを口にした。

「おい……俺がそんな男に見えるか？　俺は元気堂の社員だ」

学人はポケットから写真入りの社員証を出して見せた。

「そんなもの、すぐに作れるわ。怪しいものね。中を見せられないってのが変よ」

「だから……男の下着なんか見せられないだろ」

「私、幼稚園で、お洩らしした子供のパンツだって脱がせて洗うことがあるわ。オマンジュウもオチンチンも見慣れてるし、男の下着ぐらい何てことはないわ」

学人は明日美の口からひょいと出た大胆な言葉に驚いた。

栗色の派手目のソバージュにピンクのスーツ。スカートはミニで、胸はなかなか豊満だ。七十三歳の三郎の愛人らしい明日美が本当に保母なのかと、今度は学人が疑いたくなった。

「幼稚園はきょうは休みか。月曜だぞ」

「昨日は園児達の演奏の発表会だったから、振替休日で休みなの」

「毎日、ガキ達といっしょに歌ったり踊ったりしてるのか」

「何がガキよ。男なんていくつになってもガキのままのくせに」

「じゃあ、パパさんもガキか」

明日美がキャハッと笑った。

「ガキどころか赤ちゃん」

明日美は今度はククッと笑った。

「そんなことより、鞄の中、見せて。精力剤が入ってなかったら不法侵入で訴えるから。犯されそうになったって言うわ。あら、見せられないってわけ？　警察に電話するわよ」

ケイタイを持った右手の親指が素早く動いた。

「待て！」

学人はケイタイを奪った。

「人を呼んどいて、何が不法侵入だ。ほんとに犯すぞ！」

学人は乱暴に言い放った。

「ほら、犯すと言ったじゃない。レイプするつもりだったんだ。警察、警察」

今度はテレビの横の受話器を取った。

「待て！　見せるから電話するな」

どうしようもない女だ。学人は舌打ちした。

「あのな……商品は精力剤だけじゃないんだ。いろいろある……夫婦和合のために」

「夫婦だけじゃなくて愛人も、でしょ？　不倫の男女も」

明日美はネズミのようにすばしっこく学人から鞄を奪い、思いきり大きく開いた。

「何よ、これ……何が精力剤よ」

中を引っかきまわした明日美は、すぐにコンドームの箱を見つけた。

「それは……超薄型で、つけてないのと同じような感覚でできる奴だ。そこら辺で売ってるのとはちがう。ゴムをつけたら感覚が鈍ってイケないという男のための貴重品だ」

「薄いだけじゃなくて、イボイボのついたコンドームなんかもあるんじゃない？」

明日美は〈夜の帝王〉と書かれた箱から、男の形をした黒いバイブを乱暴に取り出した。箱の蓋《ふた》が破けた。

「これ、大人のオモチャじゃない」

「おい……箱をそんなにしてしまって、売り物にならなくなったじゃないか。上等のシリ

「パパに買ってもらうから文句ないでしょ？　オユビとオクチが上手だから、それだけで文句ないと思ってたけど、これも気持ちよさそう。やっぱりおっきいのがアソコに入ると気持ちいいわよね」

明日美は学人に誘うような目を向けた。そして、ピンクの短いスカートの中が見えるように膝を崩した。

薄いストッキングに包まれた白い内腿が、きわどいところまで見えた。

学人の股間がムズムズした。

「ねえ、パパのアレが本当に使えるようになったら、大感激して、いろんなものを山ほど買ってくれるわよ。バイアグラなんかはダメよ」

「心臓に負担のない、純粋に自然のものからできた奴だ。だけど、僕はパパさんじゃないし、状況が違ってくるぞ」

「最低四、五時間勃《た》ちっ放しなら信じてもいいわ。無理でしょ？」

「そにくらいお安いご用だ」

学人の場合、〈珍辰〉で十分だが、年輩者用の〈若夢射《わかむしゃ》〉を飲んでみることにした。もちろん若武者をもじったもので、若返って夢のような射精ができるという意味の漢字が当ててある。

「ちょっと待って。襲われるとまずいから、ベッドに拘束して観察させてもらうことにするわ」

「なんだと?」

「私はパパさん一筋。他の男に無闇に手を触れさせるわけにはいかないわ。文句ある?」

誘惑的だと思ったが、思いの外、身持ちが堅いようだ。

「信用第一なんでしょ?」

明日美は黒いバイブの亀頭を、わざとらしくチロチロと舐めた。ゾクリとする舌の動きだ。唇もぼってりしていて猥褻な感じがする。

学人の中心がヒクッヒクッと成長した。

「ほら、もう下半身が野獣になってるじゃない。くくっていいわよね? 裸になって。くくったら、私が薬を飲ませてあげるわ」

迷いはあったが、明日美の部屋なので鞄を持ち逃げされることもないかと、売り上げを期待して、やむなく裸になった。

「飲む前からそれじゃね」

すでに反り返ってしまった堪《こら》え性のないペニスを見ると、学人は誇らしいどころか情けなくなった。

明日美は手際よく、学人をベッドのポールと脚に、人の字にしてくくりつけてしまった。

「ふふ、これで抵抗できないわね。たっぷり可愛がってあげるわ。私の好みは男をトロトロにすること」

ギョッとしている学人に、明日美が勝利者の目を向けた。

「じっとしてればいいのよ。オチンチンも袋も、お尻だって気持ちよくしてあげる。パパさんはいつも極楽をさまよってるわ。でも、ほんとに死んじゃあだめよ」

明日美は亀頭の先に口づけた。

学人の総身が硬直した。

3

亀頭に軽く口づけたあと、明日美は楽しそうにハミングしながら、素っ裸の学人の四肢を拘束しているベッドのまわりを歩きまわった。

「薬、さっさと飲ませろよ。いつまでもこの格好はいやだからな」

妖しい空気が漂っている。色気のある妖しさならいいが、危険な空気でいっぱいだ。

この不安は何だろう。単に自由がきかないからというだけではない。いくらフェラチオをしてくれても、身を任せたいという気持ちにはならない。

「〈若夢射《わかむしゃ》〉とかいう精力剤なんて使わなくても、あなた、元気いっぱいじゃない。このペニスを私のアソコに入れたいってことでしょ？　いいわよ。あとで騎乗位でやってあげる。正常位なんて大嫌い。やっぱり女が上でなくちゃ」

明日美は硬くなっている肉茎の側面を軽く指で弾いた。

「うっ！」

全身に電気が走ったようにビリビリとした。

「ふふ、手も足も出ないとなると、よけいに感じるでしょう？　男でも、乳首だって感じるのよね」

淫らな笑みを浮かべた明日美は、ベッドの横から躰を丸め、左の乳首に顔を近づけ、舌を伸ばして舐めまわした。

ゾクリとする気色悪い感覚が、また総身を駆け抜けていった。

「わっ！　やめろ！　ぐ……やめろ。あ……」

学人は女のように、肩を右に左にくねらせ、生ぬるい舌から逃れようとした。

「プチッと硬くなって、アズキみたいで可愛いわ」

反対側の乳首に舌が移った。

「バカ野郎。やめろ……うう」

なぜ営業に来てベッドにくりつけられ、こんなことをされないといけないのだと、学人は簡単に明日美の要望を受け入れた自分の浅はかさを悔《く》やんだ。

「やめろ！　そんなつもりでこんな格好になったんじゃないぞ。早く〈若夢射〉を飲ませろ。四、五時間勃《た》ちっ放しだったら買ってくれると言ったじゃないか。だから俺は」

「焦ることはないわ。四、五時間もここにいるつもりだったたってことでしょ？　だったら、五、六時間だって同じようなものでしょ？　あとで飲ませてあげる。何でもじっくりと楽しまなくちゃ。まだここに来て三十分も経ってないわ」

「パパさん一筋だからと言ったじゃないか。それなのに、何を楽しむんだ」

一刻も早く自由になりたい。切り刻まれるのではないかと不安になる。

「パパさんは私といっしょにいると、赤ちゃんになりたいって甘えるの」

「何だとォ？」

思わず声がひっくり返った。

「男って、いくつになってもママが恋しい赤ちゃんなのよ。そうでしょ？　私は保母だし、うんと面倒見てあげてるの。ときどきオムツもしてあげるわ。まだパパさん、オムツは必要ないんだけど、それでもね」

明日美がクフフと笑った。

どちらかというと気むずかしそうな顔をしているように見えた三郎が、赤ちゃんプレイをしているなど信じられない。

「反対だろ？　きみが赤ちゃん役だろ？」

「まさか。これでも京都の売れっ子芸妓《げいこ》だった母の娘で、母は芸妓を辞めてからはＳＭクラブの経営を始めて、全国のお偉《えら》いさん達から女王様芸妓として慕われてるの。その娘だもの、血は争えないのよ」

「まさか……繭香《まゆか》ママが、きみの母親じゃ……」

「あら、知ってるの？　そうよ」

簡単に肯定され、学人は息を呑んだ。

繭香は一時、週刊誌を賑わせたことがあった。

売れっ子芸妓が、和服のままＳＭクラブのママになったということで、その妖艶な姿を、学人も週刊誌で見たことがある。

「嘘だろ……京都弁でもないし」

「うち、京都の生まれどす。学人はん、のんびりおくつろぎやす。うちのサービス、よろしおすえ。どう？　本物でしょ？　東京の大学に行ったから、標準語も完璧なの」

明日美は急にやわらかい京言葉を使い、また標準語になった。そして、ナイトテーブルから写真を出した。

妖麗な和服の女は週刊誌で見たことがある繭香で、小学生ぐらいの子供は明日美にちがいない。男の顔を明日美は指で隠していた。

「父親か。見せてくれよ」

「ないしょ。知ったらひっくり返るかもしれないから」

　相当な知名人なのだろう。

「そんなきみがどうして保母なんかに……それに、あのパパさんの愛人なんて」

「保母はちっちゃいときからの夢。パパさんは好み。うんと可愛がってあげたくなっちゃう。私のオッパイを吸うときのパパさんの幸せそうな顔を見ると、私も幸せ」

　明日美は写真を抽斗《ひきだし》に仕舞った。

「初物は味見が楽しみよ。全身を可愛がってあげる」

　女王様タイプは苦手だ。一方的に可愛がってもらっても困る。同等の立場で愛し合うところにセックスの楽しみがある。これでは楽しみどころか拷問だ。

「オチンチンは普通サイズね。大きさなんてどうでもいいけど、ちっちゃいよりいいわ。硬さは」

　明日美は側面を握り締めた。

「う……」

　拘束されているだけに、どうしても声が出る。

「硬いわ。パパさん、〈若夢射〉っていうのを飲んだらこんなになる？　まさかね」

「なる。なるから、解いてくれ」

「だ〜め。じっくり楽しむんだから」

明日美はピンク色のスーツを脱ぎ始めた。

「お……」

こぼれそうな乳房がピンクのブラジャーに包まれ、深い谷間をつくっている。ショーツもピンク。そして、ベージュのストッキングはピンクのガーターベルトで吊《つる》されていた。

「黒じゃないと迫力ないわね。この色はパパさんを喜ばせて元気にしてあげようと思ってつけていったのに、見せる間もなく、あのオバサン娘に邪魔されたの。いやな奴」

明日美はその格好のままベッドに上がると、耳元にフッと息を吹きかけた。全身がざわざわと粟立った。

「勃ってなかったらこんなことはしなかったわ。元気になってるからしてあげるのよ。男のコレは単純で、すぐに正直に意思表示するからバレバレよね」

また乳首を舌でチロチロと舐めながら、剛棒を軽く握り、やわやわとしごきたてた。五本の指がそれぞれ違う動きをしながら、微妙に屹立《きつりつ》を責め立てた。千匹の虫のようだ。

4

「うう……やめろ」

ベッドにくくりつけられたままペニスを指で弄《もてあそ》ばれると、早々にイッてしまいそうだ。

明日美の指の動きは巧妙で、本当に手だけで弄んでいるのかと疑いたくなる。

学人は歯を食いしばった。

手足の自由が利くなら、これほどまで全身の神経を剝き出しにして触れられているような感覚はないかもしれない。

（チクショウ！　素っ裸で手も足も出ないじゃないか。明日美の奴、俺をオモチャにする気だ）

情けない。しかし、そう思っても、快感は確実にせり上がってくる。

「私ね、男を悦《よろこ》ばせるのに、天性の才能があるみたい。この指だって、人に教えられたわけじゃないし」

「うっ……よせ。くっ」

剛直の側面を掌全体でスライドしながら、指は五本とも、まったくちがう動きをしているのだから、ソフトさとは反対に、快感は強烈だ。

「これにオクチがプラスされると、十秒ともたない人が多いの。タマタマの袋もいじってあげると、女みたいな声を上げてイッちゃうんだから、男って本当に可愛いわ」

ピンクのインナー姿の明日美は、ひと回り近く学人より年下だというのに、まるで学人を子供扱いしている。

「さあ、タマタマちゃんもいじってあげましょうね」

明日美は左手で皺袋をやんわりと握り、揉みしだきはじめた。

右手のように、左手の指も微妙に動いて、玉袋全体を強烈に刺激してきた。

「おおっ！　やめろ！　くっ！　イ、イクぞ。やめろっ！」

「ふふ、今、オクチを使ったら、すぐに昇天ね。いいのよ、イッて。そしたら、元気堂の精力剤とやらを飲ませてあげるわ。すぐに元気になるはずよね？　ならなかったら、お仕置きよ。うんと恥ずかしいお仕置きをしてあげる」

まずは一度イカせ、ペニスが萎えたところで精力剤を飲ませて試そうというわけだ。飲めばすぐに精力は回復する。だが、こんな惨めな姿のままイカされるのは口惜しい。

（俺はマゾじゃないぞ……チ、チクショウ……気持ちよすぎる。もうダメだ……）

「さあ、イッて。そろそろよね？　もつはずないわ。どのくらい飛ぶの？　天井に飛ばしていいわよ」

明日美の右手が、掌と指で剛棒をしごきたてる。左手は、これ以上のやさしさがあるかと思えるほど、やわやわと皺袋を揉みたてている。

体の奥のマグマが、何千度という熱さでボコボコと音をたてながら噴き上がってくるようだ。

「や、やめろ！　ううっ！」

　ついにマグマが一点の出口を見つけて、勢いよく噴き上がった。

　多量の白濁液は、亀頭から真っすぐに噴き上がり、寝室の天井にべっとりとついた。そして、ひとときの間を置いて、学人の腹にポタリと落ちてきた。

「凄い。なかなか元気じゃない。だけど、これからどうかしら」

　天井を見上げ、次にしたたった腹部の樹液を見つめた明日美は、それを拭き取りながら、学人に試すような目を向けた。

　元気堂の商品を何も飲んでいないので、気をやってしまった後は死にそうなほどグッタリだ。巧みすぎる指遣いで勢いよく発射しただけに、全身の精気をすべて搾り取られたような気がする。

　つい今し方の、そそけ立つほど気持ちよかった快感は何だったのか。男として誰もが陥る射精後の倦怠感や空しさを、学人はいやというほど味わっていた。

　明日美が萎《な》えたペニスを口に含み、舐めまわして清めた。それさえ、快感どころか不快で、しばらく触らないでくれと言いたいほどだ。

　明日美は側面も亀頭もまんべんなく舐めた後も、執拗に唇で側面をしごいた。

「やめろ……休ませてくれ。疲れた。頼む」

「ふん、私のオクチで大きくならないなんて、案外、感度悪いわね。この分じゃ、しばらく勃《た》たないみたいね。勃つまでアヌスにオユビを入れて前立腺をくすぐってあげるわ。効くのよね」

「やめろ！　元気堂の精力剤を飲めばすぐに勃つ。飲ませてくれ！」

こんな格好のままアヌスに指を入れられるのは惨めすぎる。

「あんなにいっぱい出した後、その歳ですぐに元気になるのは大変じゃないの？　私のオユビでイクと強烈らしいから。でも、私のアソコを見たら元気になるかもね」

明日美は元気堂の商品を使おうとしない。

学人の胸を跨《また》いで立ち、ピンク色のハイレグショーツをずり下ろした。形のいい三角形の黒い翳《かげ》りが目に入った。

踝《くるぶし》からショーツを抜き取った明日美は、次に肉のマンジュウを指で、Ｖの字にしてくつろげた。

「お……」

パールピンクの粘膜の輝きに、学人は唾を呑みこみながら見入った。

女のアソコというものは、何十見ようと何百見ようと決して飽きない。男は新しいアソコを見るたびに、単純に反応するようになっている。

「もっと近くから見たい？　見せてあげてもいいのよ？　どうなの？」

ほぼ真上に器官があるものの、明日美は立っているので遠すぎる。学人は目はいいが、くっつくほど近くから見たかった。誘惑をはね除けるのは困難だ。

「見たい……」

ぬら光っているピンクの生殖器には強い磁石があり、オスは逃げられない。引き寄せられるだけだ。

「舐めたい？」

「ああ……」

早く近づいてくれと、学人は首を持ち上げた。

「ほら、私の大事なお花畑よ。見ていいわ」

屈んだ明日美が顔の上、三十センチばかりのところまで腰を近づけた。

透明なメスの蜜がタラリとしたたり落ちそうだ。

半透明のようなピンクの粘膜。色素の薄い桃色の花びら。潤みを帯びた美味そうな秘口の下の、すぼんだアヌスもよく見える。

「ふふ、どう？　おいしそう？」

明日美は指をさらに広げ、メスの器官をまた数センチ、学人の顔に近づけた。

メス独特の淫靡な誘惑臭が学人の脳味噌を刺激し、萎えていた股間をガンと直撃した。

あれほど疲労感と倦怠感を感じていたというのに、学人の中心がむっくりと起きあがっていく。花園が、また少し近づいてきた。学人は亀のように、精いっぱい首を伸ばした。

顔を跨がれ、女の器官を剝き出しにして見せつけられた学人は、明日美の手で思いきり性を噴きこぼしたばかりだというのに、精力剤なしで、またも股間を完全に勃ち上がらせていた。

5

目と鼻の先の器官から、メスの匂いがプンプンと漂ってくる。全身が痺《しび》れそうだ。

女の器官はどうしてこれほど淫靡な匂いを放つのか。決して花のような甘やかな匂いではない。しかし、男の脳は、女の匂いのほうが花より何倍も甘美だと分析する。そして、女体を求めるために勃起する。

「欲しい？」

「もっと近づいてくれよ」

いくら首を伸ばしても届かないとわかり、学人は哀願した。

振り返った明日美が学人の股間を見つめた。

「ふふ、いやらしい人。私のココを見て完全に勃起したわね。イッたばかりなのに元気じゃない。でも、何度もイッたら、そのうちに私のココを見ても勃たなくなるでしょうね。何回でそうなるか試しましょうか」

明日美は悪戯《いたずら》っぽく笑うと、また学人の下腹部に屈み、両手を使って屹立と玉袋の両方を弄びはじめた。

「やめろ。チクショウ」

学人は右に左に尻を振った。だが、明日美の手は離れない。

「チクショウはないでしょ？　こんなに気持ちよくしてあげてるのに」

確かに気持ちはいい。だが、そのまま身をまかせておく気にはならない。何かがちがう。これは学人の望む姿ではない。

「俺はM男じゃないぞ。解けよ。襲ったりしないから解いてくれよ」

自由になったら押し倒して犯してやりたい心境だが、そんなことはおくびにも出せない。

「M男君じゃなかったら、今日だけM男君になってみるといいじゃない。考えを変えるだけで幸せになれるものよ。オクチでもしてあげるわ」

両手だけでなく、ぼってりした、いかにも猥褻そうな口も加わった。学人の躰に重なり、耳たぶに熱い息を吹きかけ、しこり立っている豆粒のような乳首を甘噛みし、舌先でこねまわす。

「うっ、やめろ！　き、気色悪いことするな！　やめろったら！　あう……くっ……ぐ……うう……」

威勢のいい拒絶の言葉は最初だけで、次々と喘ぎ声が押し出された。

下腹部への絶え間ない指の愛撫も相変わらずだ。

乳首をチュッと吸われたとき、下腹部も爆発し、白濁液が噴きこぼれた。尻から何かが抜けていったような感覚が駆け抜けていった。

一瞬の巨大な快感の後、総身が抜け殻になった気がした。短い間に二回の射精だ。骨まで砕けたような疲労感に襲われた。

「あらあら、もう出しちゃったのね。私を汚したいけない子」

明日美の白い腹部に、べっとりと樹液がついている。学人は年下女に、すっかり子供扱いされていた。

「栗の花になったみたいな気持ち。まだ匂いが濃いわね。これなら、もう一、二回ぐらい勃つかもね」

「やめろ……」

ろれつがまわらない。喋るのもきつい。学人は目を閉じた。

「ひょっとして眠るつもり？　そうはいかないわよ。まだ元気堂の製品、試してないんだから」

「勘弁してくれ……」

〈珍辰〉や〈魔羅不思議〉を飲む気にもならない。ただじっとしていたい。このまま眠れたら、それに越したことはない。

「今度は少し強烈なサービスをしないと勃ちにくいかもね」

明日美はますます生き生きとしてきた。

（このサド野郎。覚えておけよ。あとで……）

そう思ったとき、明日美が元気堂の超薄型コンドームの箱を開け、中指にかぶせ、ニッと笑った。

「さあ、これから何をされるかわかるわね？」

ゴムのかぶった指を突き出した。

「やめろ……するな」

「ふふ、わかってるみたいね。前立腺を可愛がってあげるわよ」

「な……やめろ……バイブをプレゼントするから……さっき見せた奴は高いんだ。いろんなバイブが山ほど出てるけど、それは、いま出ているものの中では、もっとも人肌に近いと言われてる精巧品だ」

学人は損をしてもいい、何とか自由になりたいと思った。このままでは殺されてしまいそうだ。

「人肌に近いってことは、人肌とはちがうってことよ。わかる？　男に苦労してるわけじゃないし、精巧なバイブをもらうより、現実のあなたと遊ぶほうが楽しいわ。ああ、何て可哀想なペニスなの。こんなに縮んじゃって」

明日美は舌を出して、クニャッとしている小さなペニスをペロリと舐めた。だが学人は感じなかった。疲労感が躰に蓄積しているだけだ。

明日美は全体を口に入れ、しごいたり舐めまわしたり吸い上げたりした。しかし、中心はゴムのようにフニャフニャのままだ。

「反応ないわね。たった二回で勃たなくなるなんて歳ね。でも、まだ三十半ばでしょう？私の彼で凄く元気な人がいたけど、五十八歳の誕生日に、三回もたて続けにシテくれたわよ。あれにはびっくりだったわ。プレゼントは何がいいって訊いたら、明日美の躰、なんて言ったのよ」

明日美はおのろけ話をして余裕たっぷりに笑った。

「疲れてるんだ……もう勘弁してくれ」

「だァめ」

明日美は首から胸、腹部へと丁寧に舌を這わせていき、まだ萎えているペニスを口に入れた。それから、コンドームをかぶせた指で皺袋を確かめ、尻の双丘へとずらし、後ろのすぼまりを探すように動かした。

「やめろ！　入れるな！」

錘《おもり》がついているような激しい疲労感の中で、学人は最後の力を振り絞って腰を左右に振った。

「う！」

すぼまりに指が入り込んだ。たっぷりとゼリーを塗られているコンドームなので、挿入はスムーズだった。だが、いったん指が止まると、途方もない異物が押し込まれている不快な感覚に汗が滲《にじ》んだ。

「硬いわね。オユビがちぎれそう」

柔らかいペニスから顔を離した明日美が、硬直している学人を眺めて笑った。

「チクショウ……ぐっ」

また指が沈んだ。

「もう一度イッたら元気堂の商品をたっぷり飲ませてあげるわよ。効くといいわね。ほんとに効くかしら」

「ぐっ！」

明日美の指が前立腺を刺激した。

学人の体内を電流が走り抜けた。

アヌスに指を押し込まれ、前立腺を刺激されて三度目の気をやった学人は、死んだようにぐったりとなった。

6

これからどんなに巧みに触れられようと、絶対に勃《た》たないし、むろん、イカないと確信した。

精力剤なしの三回とは、ここ数年での最高記録だ。強引に絶頂に導かれたとはいえ、三度も気をやるとは思わなかった。相手が明日美でなかったら、こうはいかなかっただろう。

「もう一回ぐらいイクかもね」

「俺を……殺す気か……」

四肢を拘束している紐を引っ張る気力もない。引っ張ったところで解けるはずがない。簡単に解けるぐらいなら、とうに解いている。

「元気になるために何を飲みたいの？　飲ませてあげるわよ」

明日美はいちいち商品を出すのが面倒なのか、ベッドの上で鞄をひっくり返した。

香林坊の和風ママ、瑞絵がだいぶ買ってくれたので、最初は目一杯ふくらんでいた鞄も、今ではだいぶスリムになっている。それでもドリンク類が多いので、まだ重い。

〈珍辰《ちんたつ》〉に〈魔羅不思議《まらふしぎ》〉、〈槍ヶ茸《やりたけ》〉に〈赤天狗〉……〈濡れめしべ〉ですって？　なによ、このネーミング。笑わせてくれるじゃない。いかにもまがい物って感じね」

明日美は効力を信じていない。

「ところで、どうしてパパさんの見舞いに来たのよ」

「娘さんに用があって……」

「娘？　あのオバサンのこと？　オバサンが何か欲しがってるわけ？」

「いや、そうじゃない……」

客のプライバシーは守らなくてはならない。

「じゃあ、何よ」

「何だっていいだろ……」

「ふふ、あのオバサン、バイブでも欲しがってるのね。わかる、わかる。夫にも見放されるわよ。あんな性格じゃ、愛人もできそうにないし。あの人がこれをアソコに入れて遊んでる想像をしたら、気分悪くなりそう。オバサンに買われるこのバイブが可哀想だから、あの人が使う前に、私が入れてあげなきゃ。あとで洗うから、これを売っちゃえばいいわ」

明日美は黒いシリコン製の高級バイブを口に入れて、卑猥に舐めまわした。

全部を含んだかと思えば、亀頭だけチロチロと舐める。ハーモニカに尺八と、絶え間なく動く口の淫らさは天下一品だ。

ときどき妖しい視線を学人に向け、ふたたび舌と唇でバイブを舐めまわす。ときどき、ジュブッと破廉恥《はれんち》な唾液の音がしたりする。

学人は自分の股間を責められているような錯覚に陥った。だが、勃たない。そうやすやすと四回も勃つはずがない。

「元気にならないわね」

不満そうな顔をした明日美は、学人の胸を跨いで膝を立てた。

ガーターベルトをつけているものの、ショーツはとうに脱ぎ、剝《む》き出しになっている下腹部を学人に見せつけた明日美は、唾液に濡れたバイブを、左手でくつろげた肉マンジュウのワレメに押し当て、ゆっくりと押し込んでいった。

指しか入らないように見えたパールピンクの粘膜の入口を押し広げながら、太いバイブが沈んでいく。

「んふっ……いい……最高」

鼻から色っぽい喘ぎを洩らしながら、明日美はバイブを奥に届くまで押し込んでいった。

「いいわ……このバイブ、本物のペニスみたい……ああう……気持ちいい……あんなオバサンに渡すのが惜しくなったわ……そうか、私にプレゼントしてくれると言ったわね」

「解いてくれ。そしたらプレゼントしてやる」

「ふふ、だめ。まだよ」

明日美はバイブの出し入れを始めた。黒い異物を咥え込んだ秘口は、バイブを引くと、もっこりと盛り上がり、押し込むと、わずかにへこむ。

これほど淫らな光景を見れば、いつもなら間違いなく勃起するだろう。だが、破廉恥すぎる行為だと思うものの、股間の変化はない。

明日美は単純な出し入れだけでなく、抉《えぐ》るようにバイブを回転させたりして、学人に見せつけた。

「ほら、いい匂いがするわよ」

果ては蜜まみれのバイブを抜き、湯気の立っているそれを、学人の鼻先に押しつけた。淫猥なメスの匂いが鼻孔を伝って脳味噌を刺激した。それでも、ペニスは萎えたままだ。

突然不能になったのではないかと、学人は不安になった。勃たなければおかしい状況だ。立て続けに三回も射精したせいだろうか。

「なによ、私がバイブまで使って見せてあげてるのに、フニャチンのままじゃない。私のアソコの匂いを嗅いで勃たないなんて失礼よ」

明日美はフンと鼻を鳴らした。

「三十七歳なんだぞ……二十歳前後とはちがう。三回も出したんだ。パパさんはどうなんだ。ダメなんだろ?」

「パパさんはいいの。使えないなら、あなたのオチンチンは切り取っちゃおうか」

明日美の目を見て、案外、本気かもしれないと、学人はゾッとした。

「〈珍辰〉を飲ませてくれ! 〈魔羅不思議〉でもいい。〈槍ヶ茸〉でも。早く飲ませてくれ! な、飲ませろ!」

何とか勃起しなければと、学人は必死になった。くくられている手足を、最後の力を振り絞って引っ張った。

「勃たなかったらどうする? オチンチンを塩ゆでにして食べていい?」

「そこにあるのを全部飲ませてくれ! 絶対に、絶対に勃つ!」

全部飲むのは危険だ。だが、ペニスを切り取られるぐらいなら、死んだほうがいい。全部、飲みたい。

「ほんとに勃つの? じゃあ、飲ませてあげるけど、どれも同じなんでしょ? 私も元気になるかしら」

〈槍ヶ茸〉のドリンクを手にした明日美は、蓋を開けると、自分でゴクゴクと一気に空けた。

学人は目を見ひらいた。

「何、この味……不味いわね」

もう一本、〈槍ヶ茸〉を空けた明日美は、それを自分の口に含み、学人と唇を合わせた。

学人の口にドリンクが注がれはじめた。学人はこぼさないように慎重に受けて飲んだ。

口移しで飲まされているという甘美さなどなく、女が飲んでも大丈夫だろうかと、予想もしなかった事態に不安がよぎった。

学人が何回かに分けて口移しされた〈槍ヶ茸〉を飲み終えたころ、明日美が腰をくねらせた。

「何だか変……変だわ……えっ？　う、嘘っ！」

明日美は自分の下腹部に目をやり、驚愕の声を上げた。

7

「オマメが……」

今まで余裕たっぷりに学人を責めていた明日美の狼狽ぶりは尋常ではない。

どうしたのかと、四肢を拘束されている学人は、頭を持ち上げた。

「何なの……どうしたのよ……こんなにふくらんできたわ」

今までの元気さはどこへやら、困惑している明日美は、学人の顔に太腿のあわいを近づけた。

「お……」

肉のマメがサヤごとふくらんで、極太の真珠玉のようにキラキラとピンク色に輝いている。これほど大きなクリトリスは見たことがない。世の中に、こんなに大きな肉のマメが存在するのかと、学人も唖然とした。

そのとき、学人の股間がムズムズしてきた。

「もしかして……」

学人はハッとした。

男が飲むべき〈槍ヶ茸〉を、ただの栄養ドリンクぐらいに思って空けてしまった明日美だが、それがクリトリスを変化させたのではないだろうか。男のペニスは女のクリトリスにあたる。

「俺のペニス、どうなってる?」

学人は訊いた。

「う、嘘！　凄い！」

明日美が驚愕の声を上げた。

「どうしてこんなに大きくなってるの……普通サイズだったはずよ」

「檜ヶ茸というのは、男のペニスの笠を大きくする作用があるんだ。それを女のくせに一気に飲んだりしたから、きっと、女のペニスにあたるオマメがふくらんだんだ。だったら心配ない。時間がくれば元に戻る」

明日美は安堵の色を浮かべた。

「ドリンク、本当に効くのね……このもの凄く広がったペニスの先……こんなにエラが張ってたら、入れると気持ちいいでしょうね」

明日美はゴクンと喉を鳴らした
「私のオマメ……なんだか疼くわ……したくてしたくてたまらないわ……小指の先みたいに大きくなって、疼かないはずがないわよね」

明日美の花園は洩らしたように濡れている。凄い蜜の量だ。それも〈檜ヶ茸〉の作用かもしれない。

「効き目がわかったら解いてくれ」

信用を得た以上、やっと自由になれると学人は思った。だが、明日美は、だめ、と短く言いきった。そして、学人の腰を跨いだ。

黒光りした巨大な剛直。その先に咲きひらいている肉笠は迫力がある。

明日美は今にもしたたりそうなほど溢れている蜜まみれの秘口を、肉笠に押しつけた。

そして、さらに腰を落としていった。

「くうう……す、凄い……あう……腕を押し込まれてるみたい……バイブなんか、これに比べたら……」

眉間に悩ましい皺を寄せながら喘ぐ明日美は、腰と腰がすっかり密着するまで腰を落とした。

「ああう、串刺しにされてるみたい。こんなの、初めて……気持ちいい……最高。あう！」

腰を浮かして落とした明日美は、声を上げて首をのけぞらせた。

騎乗位でしてもらうと、男のほうは楽でいい。しかし、長く人の字にくくられていると、腰が痛くなる。腕の付け根もおかしくなりそうだ。

「凄い……ああ……いい……あう」

明日美は声を上げながら腰を浮き沈みさせた。

「ああっ、たまらないわ！」

明日美は背中に手をまわし、ピンク色のブラジャーを脱ぎ捨てた。メロンのようなふくらみが、弾むようにまろび出た。そして、ゆさゆさと揺れだした。

巨乳というのはわかっていたが、予想以上のふくらみだ。

「オマメに当たるわ……こうするたびに当たるの……あう、感じすぎるわ。どうしたらいいの？　くっ！」

〈槍ヶ茸〉で巨大化したクリトリスは、明日美にかつてない快感をもたらしている。弾けそうにひらいている学人の肉笠も、膣ヒダだけでなく、女壺の入口付近をコリコリと引っかけるようにして強烈な刺激を与えていた。

「あうっ！　たまらないわ！」

沈めた腰をくねらせる明日美は、ふたつの乳房をつかんで身悶えた。

栗色のソバージュもふわふわと揺れ、舞台のオナニーショーを見ているようだ。それも、もうじき絶頂というクライマックスの場面……。

ピンク色のガーターベルトをつけているので淫らだ。ベッドでは、いつもこんなに激しいのだろうか。七十三歳の三郎が入院したのは、娘の圭子が言っていたように、やはり明日美のせいかもしれない。これでは命を縮めてしまう。

女壺が蠢《うごめ》いている。そして、ふくらんだクリトリスの感触は、学人にも伝わってくる。ペニスの上部にコリコリと当たる。

「これ以上動くとイッてしまうわ」

汗ばんでいる明日美が急に動きを止めた。

「イケよ」

「いや。私とセックスしていながら男が先にイカないなんていや。あなたがイッたら私もイクわ」

騎乗位でないといやだという明日美のプライドかもしれない。

〈槍ヶ茸〉はカリを広げるだけでなく、精もつけてくれる。そう簡単にはイカない。飲んでなけりゃ、とうにイッてるはずだ。きみは名器だし、オマメもグリグリと当たってるしな」

「私がこんなに動いてもイカないってわけ？」

荒い呼吸をしながら、明日美は不満そうに言った。

「名器だけど、〈槍ヶ茸〉を飲んだから、男は長持ちしてしまうってことなんだ。そろそろ解いてくれよ。同じ姿勢は疲れる。セックスもしてしまったし……俺のほうが犯されたことになったじゃないか」

学人はレイプされたと言われないように、先手を打って言った。

「だから、もう、俺をくっとく必要がないだろ？」

「いや！」

明日美は即座に拒絶し、むくれた。だが、巨大化したクリトリスは、神経もそれだけ過敏になっているらしく、やけに腰をもじつかせている。

「ああ、何なの……たまらないわ」

学人の腹部に肉のマメを擦りつけた。

ドリンクなしで三回も気をやり、一時は死ぬかと思ったし、四度目は絶対に勃たないと思っていたが、今は〈槍ヶ茸〉の効き目で全身に活力が漲っている。

学人は下から腰を突き上げた。

「ヒッ！」

不意打ちに遭い、明日美がのけぞった。

「イケ！　イケよ！　どうだ！」

甦った学人は、拘束されている不自由な体をものともせず、砲弾を打ち込むように全力で腰を突き上げた。

「くっ！　あうっ！　ヒッ！」

明日美の乳房が、もげ落ちそうなほど揺れた。

8

名誉挽回、精力挽回、ここは明日美を徹底的に責めてやろうと、強引に責められるだけだった学人は、下から渾身の力を込めて女壺を突き上げた。

「ヒッ！　あうっ！　内臓まで……くっ！　突き抜けるゥ！」

強烈な突き上げに、明日美は反撃できないでいる。

メロンのような巨乳を揺らし、背中を反らし、顎を突き上げ、髪も揺らし、悲鳴を放ち、女園を蜜で大洪水にして、明日美は学人の腰の動きに合わせて、浮いたり沈んだりしている。

「あう、だめよ……イク……イク……イクわ……オマメがドクドクいってるの……ヒッ！　アレが大きすぎて……ああ、アソコがいっぱい……もう、もう、もうだめっ！　くううっ！」

ついに明日美がエクスタシーを迎えて硬直した。

秘口がギュッと肉茎の根元を締めつけた。食いちぎられるかと思えるほどのキンチャクだ。秘口は何度も収縮を繰り返し、これでもか、これでもかというように、剛直を責め立てる。それでも学人はもちこたえた。

激しい絶頂の波が収まりかけたとき、明日美は学人の胸に倒れ込んだ。まだ結ばれたままだ。

「こんな凄いの、初めて……」

掠れた声が、法悦の大きさを物語っている。

「解いてくれるだろう？」

命令口調で言うと反発されるかと、学人は猫撫で声で言った。

「ちょっと休ませて」

明日美は息が整うまで、学人の胸の上でじっとしていた。

「オマメ……まだムズムズしてるの。元に戻らなかったらどうしよう」

やがて躰を起こした明日美は、学人の両手を解放したが、繫がったまま、動こうとしない。

「脚は？」

「もう動きたくないの……怠《だる》いし、気持ちいいし」

まったく動く気配がない。

学人は明日美を腰に載せたまま、勢いをつけて半身を起こした。

明日美の背中を抱いて結合が解けないようにしながら、尻をずらして膝を曲げ、何とか自分でベッドに拘束されている脚のいましめを解いた。

これで自由の身だ。

手を伸ばしてベッドに転がっていた〈珍辰〉を取り、グイッと空けた。喉も渇いていたので美味《うま》い。これで勇気百倍、精力も百倍……のはずだ。

やっと反撃のときが来た。

「じっとしていていいぞ」

明日美と繫がったまま、結合が解けないように半回転し、上になった。そして、さっそく、自由になった身でのびのびと抜き差しを開始した。

「いやっ！　下にしないで！」

ぼっとしていたはずの明日美が、腰を振りたくって逃れようとした。最初、騎乗位でないとイヤだと言っていたが、この期に及んでもいやがるとは、おかしな女だ。

「オチンチン、ちょん切っちゃうから！」

「わかった、わかった。俺が下になりゃいいんだろ？」

また半回転したが、上半身を起こして、明日美と向かい合った。

「外れないようにして後ろを向けよ。でっかいオマメをいじりながらしたいんだ。背中を向けるのもいやだなんて言わないでくれよ。な？」

明日美は学人のペニスを軸にして挿入したままゆっくりと回転していき、背中を向けた。

結合が解けないようにあぐらをかいた学人は、明日美の膝を大きく左右に割った。そして、右手で巨大化した肉のマメをいじった。ぬるぬるして納豆の中に指をつっこんでいるようだ。

「あう……感じすぎる……あのドリンク、凄いわ……パパさんのために、私が〈槍ヶ茸〉を買うわ。こんな大きなオマメを見たら、パパさん、悦びそう。吸いついて放さないかも……あは……」

セックスの最中というのに祖父のような愛人のことを忘れないでいる明日美に、学人は嫉妬したくなった。そして、明日美は財産目当てではなく、本当に三郎を愛しているのだと思った。

「パパさんにこうしてもらいたいか？」

「もちろんよ……あう……パパさんに効く薬も絶対あるわね」

学人がゆっくりと下から腰を突き上げたりくねらせたりすると、明日美も腰の動きに合わせた。

「とっくに〈若夢射〉があるって言ったじゃないか。それを飲ませると、すぐに退院になるかもしれないぞ」

言った後で、たった今セックスを中断して病院に行かれたらどうしようと思った。

「パパさんのアレが大きく硬くなったら、すり切れるほどナメナメしてあげるわ。そして、まずオクチでイカせてあげてザーメンを全部飲んであげて、二回目はヴァギナで受けるの。そしたら、パパさんの子供ができたりして」

明日美は子供のように、キャハッと笑った。

「おいおい、子供ができるのは一年先。その子が二十歳のとき、パパさんは九十四歳だぞ」

「百歳までに成人すればいいじゃない……あう……それ、効くゥ」

肉のマメを振動させるように左右に細かく揺すると、明日美の女壺全体が肉茎を締めつけた。

「大きなエラでコリコリして」

明日美は少しだけ腰を浮かせた。学人は秘口付近で抜き差しした。広がったカリが秘口を引っかけている。ドリンクなしでは、さほど続けられない体位だ。

〈珍辰〉も飲んだので、まだまだ体力はもつ。気をやらないまま明日美を悦ばせることができる。

急に、明日美の顔を見ながらしたくなった。

「キスしながらしないか……?」

三郎一筋なら断られるだろう。

「いいわ。パパさんと私の関係に革命が起きるかもしれないんだもの。特別にキスしてもいいわ」

明日美はまたゆっくりとペニスを軸に半回転し、学人と向き合った。

唇を合わせた。明日美が学人の背中にしっかりと腕をまわしているので、学人は舌を絡めながら、右手で密着した腹部に手を割り込ませ、肉のマメを丸く揉みしだいた。左手では、巨乳の中心のしこり立った乳首をつまみながら弄んだ。

「ぐ……ぐぐ」

さらに体温を上昇させた明日美が、たまらないというように腰と胸を突き出した。

学人は腰を揺すりたてた。気持ちがいい。だが、思いきり明日美を突いてみたい。また拒絶されるかもしれないと思ったが、両手を明日美の背中にまわし、ゆっくりと倒していった。明日美は今度は拒まなかった。

第4章 赤いヒールの女医

1

「出張は疲れる？」

社長の彩音が、心配そうに学人の顔を覗き込んだ。

「元気堂に勤めていて疲れるはずがありません。さっそく次の出張を命じていただければ嬉しいです」

学人は背筋を伸ばした。

昨夜、妻の明子に何度も迫られてしまい、まだ気怠《けだる》い。

出張から戻った学人を、明子は待ってましたとばかりに笑顔で迎えた。それから、精のつきそうなステーキを食べさせられ、早々に寝室に引っ張り込まれてしまった。

「戻ってきたばかりなのにいいの？　あなたは優秀だから、行ってくれると助かるけど」

出張すれば明子から逃げられる。学人はすぐさま承諾し、博多《はかた》に行くことになった。

「ホテル宛にも段ボール箱で商品を送っていただければ、全部片づけます。人との縁というのは面白いもので、脚を運ぶ先々でいろんな人と知り合い、そこで商品も売れます。いいものだから売れるんだと実感しています。人様に喜ばれる仕事は最高です。雇《やと》って下さった社長のおかげです」

「そう言ってもらえると嬉しいわ。頑張ってね。博多は明日の朝でもいいのよ」

「いえ、今日中に着くようにします」

迫ってくる明子が脳裏に浮かび、すぐにでも発《た》ちたい気分だ。

新しい商品の説明を受けたり資料を読んだりして、元気堂の特製鞄にも目一杯の商品を詰め込んだ。

帰宅せず、夕方、羽田から九州に発った。一時間半で福岡《ふくおか》空港だ。

こんな便利なところにある空港も珍しい。地下鉄で博多駅まで六分。福岡の中心街の天《てん》神《じん》まで十一分だ。

天神に着き、ホームに降りたとき、女の叫び声がした。

ノースリーブの赤いシャツに白いスカート、赤いヒールを履《は》いた三十歳ぐらいの女だ。

男が必死に駆けてくる。

「泥棒！」

女がまた声を上げた。

男はクリーム色の女物のバッグを手にしている。

帰宅途中のサラリーマンでごった返しているものの、ホームの客達は呆気《あっけ》にとられているだけで、男を捕まえようとする者はいない。

学人は男の正面に立って阻《はば》んだ。

男は学人の胸を押し退けようとした。倒れそうになるのを踏みとどまって、男の二の腕をつかんだ。

男の手からバッグが落ちた。

「チクショウ！」

捨てぜりふを吐いた男に腕を振りほどかれ、ドンと胸を突かれた。息が止まりそうになり、ついに学人は押し倒された。だが、周りの男達が加勢し、ひったくりは警察に引き渡された。

バッグをひったくられたのは松平智香《まつだいらともか》、アップの黒髪が艶やかで、理知的な面立ちだ。

「大丈夫？」

ときどき胸に手をやる学人に、智香が訊いた。

「肋骨《ろっこつ》が折れたかな。あいつ、そうとう馬鹿力だ」

智香をじっくりと眺めると、凛《りん》としており、聡明さが際だってくる。

「私、医者なの。診てあげるわ。保険証を持ってると助かるけど。本人の負担分はいらないから」

女医と聞き、納得できた。

十階建のビルの三階が松平クリニックだった。内科、外科、泌尿器科、六時までと書いてある。

泌尿器科ということは、男のペニスもいじるのかと、学人は思わず喉を鳴らした。

きちんと整えられたスリッパや観葉植物の緑がすがすがしい。壁にかかっているピンク色の花の絵を見ると、いかにも女医の診療所という雰囲気だ。

「お若いのに院長ですか……」

「医者の祖父が亡くなったから、私が継いだだけ。レントゲンを撮ってみるから、そこの部屋で上を脱いで待ってて」

白衣の医者ではなく、赤いヒールの智香に言われると、妙な感じだ。

レントゲン室で背広の上着とワイシャツを脱いだ。看護婦達の帰宅したクリニックは静まり返っている。

できるなら智香のシャツとスカートを脱がせ、逆に診察してみたいと、猥褻な妄想が湧き上がってくる。

狭いレントゲン室で待っていると、白衣に着替えた智香がやってきた。赤いヒールと白衣のアンバランスに、妙にそそられた。

学人をヤモリのようにX線装置に張りつかせた智香は、レントゲン室から透けて見える隣室に入り、機械を操作した。

それから、デスクや診察台の置かれた診察室に学人を待たせ、すぐに現像室に入った。てきぱきした動作を見ていると、学人などが簡単に近寄ることはできない優秀な女医に思えてくる。

（赤いヒールの女医か……しかも、泌尿器科もだぞ……男の患者はどんな顔して診察を受けるんだ……？）

待っている間、学人は落ち着かなくなった。

現像したレントゲンを手にしてやってきた智香が、デスクに座った。

「大丈夫。肋骨は折れてないし」

「あれは冗談です……」

「もういちど胸を見せて」

智香は学人のワイシャツをまくりあげた。

「別に鬱血《うっけつ》した痕《あと》もないわ」

診察室だというのに、学人は知的な女医にムラムラした。単純な股間が、ムックリと頭をもたげてきた。

（やばいぞ……元に戻れよ）

焦った。だが、焦るほどにグイグイとムスコは膨張してくる。汗が噴き出した。平静でいられなくなれば、鼓動も速くなる。

「あら、気分でも悪い？」

智香が胸に聴診器を当てた。

（だめだ……獣になりそうだ）

学人は簡単に発情する自分に舌打ちしたくなった。医者なら、そんな動悸の原因もわかるかもしれない。ますます熱くなった。

「ときどき動悸がするの？　何、これ……凄いわ。何なの、これ……」

智香の戸惑いが気の毒だ。

「先生が魅力的だから……その……胸がときめいてるだけです」

せっかくの正義の味方も、これで顰蹙《ひんしゅく》を買うことになるのかと、学人は情けなかった。股間を手で隠した。

智香がその手をヒョイとのけた。

「あら、ウソじゃないみたいね」

テントを張っているズボンを見つめた智香は、これまでの表情を崩し、薄い紅を塗った唇をゆるめた。

「すみません……男は……いえ、少なくとも僕は……単細胞で……ほんとに単純で、すぐにこんなになってしまうんです……」

学人はしどろもどろになった。

「でも、もちろん、理性はありますし……レントゲンを撮ってくれた先生を襲ったりしませんし、単細胞は救いがないと思って勘弁して下さい。堪《こら》え性のないムスコで、本当に何と言っていいか……」

学人は汗を手の甲で拭いながら、まくれ上がったワイシャツを、急いでズボンの中に押し込んだ。

「元気でいいわ」

智香がクスクス笑うので、学人はますますいたたまれなくなった。

「骨に異常もなかったということで、これで失礼します。ホテルにチェックインして風呂でも浴びることにします」

「チェックイン？」

「きょうから出張で、天神に着いたばかりだったんです」

「あら、そうだったの。保険証、見せてちょうだい。カルテも書かなくちゃ。時間、もう少しいいでしょう？　そのうち、ムスコさんもおとなしくなるんじゃない？」

智香がまたククッと笑った。

学人は止まらない汗を拭って、手帳に挟んである保険証のコピーを出した。

「元気堂……？　どんなお仕事？」

「健康食品です」

「健康食品っていろいろあるわ。まがいものもあるし、気をつけなさいと患者さんには言うんだけど」

「うちの製品は高いだけに、自信のあるものばかりです」

「高価だからいいとも限らないでしょう？　納豆は安くても躰にいいわ。食べ物の例をあげたらキリがないわね。どんなものを売ってるの？　その中に入ってるの？」

足下の元気堂特製鞄に視線をやった智香に、学人は困惑した。商品には自信があるが、医者を前にすると複雑だ。

「今はこんな時代だから、みんな健康には気を遣うわ。だからこそ、そういう商品には細心の注意を払うべきだと思うの」

「うちの製品はまちがいありません。ただし、ただの健康食品ではなく、男と女が幸せになるための商品でして……」

「私、まだ未熟な医者なの。ぜひ勉強させてもらいたいわ。見せて」

謙遜《けんそん》の言葉というより、疑惑から出た言葉だ。

「見ただけではわかりません。使って初めて効果がわかるんです……」

「たとえば？」

このままいかがわしい商品を売っていると思われるのは口惜しい。

「危険性もなく、勃起力をアップさせたり、ラブジュースを豊かにしたり、まあ、いろいろです」

「そういうの、よく宣伝してるわね。でも、どれだけ効果があるの？ 試してみてくれる？ 毎日ペニスも診察してるし、あなたのものをじっくり観察しても、発情することはないと思うわ」

やさしい口調だが、元気堂の商品に対する智香からの挑戦状だ。

こんなところで股間を勃起させた自分を恥じ入っていたが、こうなったからには智香を発情させ、柔肌に触れてみたい。一度でいいから診察室で女医とセックスしてみたい。幸運なチャンスだ。

2

しゃがんで鞄を少し開け、手を突っ込んで〈魔羅不思議〉〈珍辰〉〈濡れめしべ〉を取り出し、カルテの載っているデスクに並べた。

「これは当社の人気商品です。他もすべて人気商品と言っていいんですが」

「じゃあ、出して」

智香に催促され、また手を突っ込んだ学人は、今度は〈ジラシー〉を引っぱり出した。

「もっとあるんでしょう？」

「全部いっぺんに試すわけにはいきませんから」

「でも、全部見たいの」

夫婦和合の商品とはいえ、大人のオモチャまで入っている。医者の智香に出して見せるのは憚《はばか》られる。

「同じものがいくつも入っているだけです」

「怪しいものね。まあいいわ。それにしても、いかがわしい名前ばかりね。なァに、この〈ジラシー〉って」

「男の焦る心を鎮めるものです。忍耐力が増します。女性を悦ばせるには、じっくりとが鉄則でしょうから」

智香は信用できないというような目を向けた。

「〈濡れめしべ〉って、アソコが濡れるというわけ？」

ますます智香は呆れ返った表情をした。

「で、これは……」

さすがに口に出しにくいのか、智香は〈魔羅不思議〉と〈珍辰〉の名前は出さず、指さした。

「男の人が使うもの？」

「ええ、〈魔羅不思議〉は不能に陥っていても、事故などによるものでなければ勃起します。〈珍辰〉は硬度と持続力が増します。自然の薬草を使っていますから、躰に負担がかかりません。バイアグラよりいいです。信じてないいんでしょう？」

「自分の目で見ないことにはね。効き目もわからずに買う人がいるの？　あとでトラブルになったらどうするつもり？」

「トラブルは一切ありません」

学人は堂々とこたえた。

「じゃあ、試してみてくれる？」

「かまいません。ただし」

学人がそこで言葉を切ると、

「セックスしないとダメだなんて言うつもりじゃないでしょうね？」

智香は、きっぱりとセックスを拒絶する口調で訊いた。

「そんなことは言いません。ただし、商品に間違いないとわかったら、代金を払っていただきたいということです。高価なものですし、サービスというわけにはいかないんです」

「そういうことなの。わかったわ。効き目がなかったら代金は払わなくていい。そういうことよね？」

「もちろんです」

「面白いわ。じゃあ、試して」

「どれを……？」

「これ」

智香は〈珍辰〉をさした。

「どれだけ勃起していられるの？」

「三時間でも四時間でも」

「でも、ペニスを刺激したら射精してしまうわよね？」

泌尿器科もやっている女医だけに、さすがに冷静な口調だ。

「簡単にはイキません」

「医学的にきちんと観察したいんだけど、いい？」

「もちろんです」

智香には女としての隙がない。

理知的で沈着な女医を見ていると、セックスのときはどんな表情になり、どんな声をあげるのだろうと興味が湧いてくる。

ベッドの上でも沈着だろうか。女性上位でやるタイプだろうか。気安く男が声をかけられるタイプではないと、徐々にわかってきた。

「小さくなったみたいね」

言われて初めて気づいた。一時は興奮したものの、簡単にセックスできる相手ではないとわかり、いつしか元気をなくしたようだ。

「ちょうどいいわ。ゼロからのスタートなら、元気堂とやらの商品の効き目が、よくわかるもの。じゃあ、血圧から測らせてもらうわ」

「は……？」

躰の変化を記録しておくのだと言われ、医学的に観察するという意味はそういうことなのかと、学人は気が抜けた。

血圧、脈拍、心電図までとられた。

「ペニスの観察をさせてもらうには、下腹部を見せてもらわないといけないけど、まんいち襲われたら困るわね。両手だけでもくくらせてもらっていい？」

京都の明日美の顔が浮かんだ。

「まさか、サドっ気があるとか……。僕はMの気はないんで、くくられていたぶられるのはごめんです」

「冗談じゃないわ。どうして私があなたをくくって、そんなことをしなきゃいけないの？」

眉間が険しくなった。演技ではない。まったくセックスをする気はないらしい。

それならそれで、元気堂の商品の偉大さを証明することに専念すればいい。現代医学を学んだ智香が納得すれば、ますます仕事に自信が持てる。

惚れ薬の〈ゲンジー〉を嗅がせれば、すぐに智香に惚れられるのはわかっているが、ここでそれは邪道だ。

心電図もときどき計りたいと言われ、学人は勝手にしろと居直って、素っ裸になって診察台に横になり、〈珍辰〉を飲み干した。そこで、両手を胸の上でくくられた。

智香が診察台の手前の丸椅子に座って股間を見つめた。おかしな気分だ。

みるみるうちにペニスがムクムクとふくらんできた。学人には、その変化が〈珍辰〉のせいか、沈着すぎる女医に見つめられているせいかわからなかった。

しかし、硬度を増した肉茎の角度がクイックイッと腹部に近づいて来るにつれ、〈珍辰〉の威力だとわかった。

「信じられない……だって」

智香はコクッと喉を鳴らし、保険証のコピーを見直した。

「三十七歳の角度じゃないわ……まるで十代……お腹にくっつきそうじゃない……信じられない」

「効力がわかっていただけましたか。どれだけこの状態が続くか観察されるなら、相当時間がかかりますよ。ずっと勃っているはずですし」

「硬度もアップすると言ったわね。触らせてもらわないとわからないわ。それに、触られても簡単にはイカないと言ったわ。確かめてみたいの」

智香の好奇心が医者としてのものか女としてのものか、見極めたくなった。たとえ医者として観察していても、女の秘部が熱くなってくることもあるはずだ。期待できる気がした。

「僕は商品のパワーを証明するために、こうしているんです。ペニスをしごき立てるなり、舐めるなり、ご自由に。文句は言いません」

智香の指でさわられ、薄いピンクのルージュを塗った唇でしごきたてられる想像をすると、ますます血が騒ぐ。

智香は右手で剛直を握った。最初は遠慮気味に、しかし、徐々に力を入れてきた。掌全体で確かめている。それからいったん手を離し、側面を人差し指と親指で挟んで、付け根から亀頭に向かって、診察するようにゆっくりと触れていった。

カリのところまで来ると、その張り出しを指先で一周した。次に、亀頭を押さえたり、鈴口をピッとひらいてみたり、その熱心さは、男女のベッドでの行為にはほど遠く、まるで顕微鏡で何かを覗《のぞ》いているような目だ。

（おいおい、やっぱりその気にならないのか、女医さん……）

学人はもどかしくなつた。いくら冷徹なほど観察されていても、女の手でいじくりまわされているとなると、セックスがしたくなるのは自然だ。できないならフェラチオでも手でもいい。何とかサービスしてもらいたい。

「もし、二、三分でイッたらどうするの？」

学人はしめたと思った。

「代金はいらないと言ったでしょう？　襲われるかもしれないと不安なら、手を解く前に、誰かに迎えに来てもらったらどうです」

「そうね、あとで考えるわ。じゃあ、刺激を与えさせてもらうわ」

智香は掌に包んだ肉茎をしごきはじめた。

「う……」

気持ちがいいと言おうとしたが、無表情でしごきたてている智香を見て、言葉を呑み込んだ。

智香の手の動きが徐々に速くなってきた。快感だ。

熱心に肉棒をしごき立てている智香は、自分が何をしているか意識しているだろうか。やや滑稽《こっけい》な気もしてきた。

「イキそう？」

「まさか。まだ一、二分しか経ってないじゃありませんか。三時間でも四時間でもと言ったはずです」

「口でされても……？」

フェラチオは大歓迎だ。

「実験なさるつもりなら、なんなりとどうぞ。僕はただのモルモットのつもりですから」

期待にわくわくしながら、学人は冷静を装って言った。

「じゃあ、失礼するわ」

智香がパックリと剛棒を咥《くわ》え込むと、学人はさすがにその瞬間、息を止めた。

セクシーな唇がやわやわと根元まで動いていく。それから、亀頭のほうに戻ってくる。

何度かゆっくりと行き来した唇が、わずかずつスピードを増してくる。

風俗でコンドーム越しではなく、直にサービスを受けている感じで大いなる快感だ。

唇でのしごきに加えて、舌も動きはじめた。肉の笠の裏をチロチロと舐めるのが上手い。亀頭をベットリと舐めまわすのも巧みで、アヌスがゾクッとする。

風俗でコスチュームプレイしているような気がしてきた。本物の女医が診察室でフェラチオしてくれるはずがない。

（どうなってるんだ……）

ねっとりした唇と生温かい舌の感触に、学人は、おおっ、と思わず声を洩らした。

こってりとした智香の口戯が続いている。〈珍辰〉を飲んでいなければ、とうに気をやっているはずだ。

3

智香が顔を上げた。

「まだ?」

「ええ、まだまだもちます。三十分も経っていないじゃないですか」

「気持ちよくないの?」

智香の濡れた唇が動いた。

「最高です。先生がフェラチオの名人とは思いませんでした」

本心だ。理知的でいつも冷静に人を観察しているような女医が、男に大サービスしている姿は想像しにくい。生来持っているものなのか、何人もの男達と接してきた中で上達してきたものなのか、学人には想像できなかった。

「これだけしてイカないってことは、遅漏じゃないの?」

「は?　チロウ……?　ああ、遅いってことですか。そうです、〈珍辰〉を飲むとそういうふうになるってことですよね。でも、僕はしっかりと快感を感じているし、長くいい気持ちでいられるからハッピィです。それに、女性も長くやってもらえるってわけで、さっさとイクよりいいんじゃないでしょうか。よく売れているってことは、そういうことだと思いますが」

学人は早く続きをしてもらいたかった。

「私としても、もつかしら？」

「は？」

「私のヴァギナと繋がっても、何時間ももつかしらっていうこと。何時間もなんて、とんでもないわね。三十分持続するならたいしたものよ。そんなの、きっと無理よね」

ついに智香が本番を匂わせてきた。単刀直入にシタイというにはプライドが許さず、間接的に言ってきているのだと学人は理解した。

「僕はモルモットです。試して下さい。きっと三十分ぐらい簡単にクリアできると思います。〈珍辰〉の効力を医学博士に認めてもらえるとなれば、僕はますます仕事に精出せますし」

智香のプライドを傷つけないようにして誘った。

「三十分？　夢ね」

智香が溜息をついた。

「夢は現実になります」

「現実になれば、〈珍辰〉とやらの代金なんてタダみたいなものだけど」

さらに大きな溜息をついた智香が、気を取り直したように、学人の血圧や心電図を計った。

「ほとんど変化はないわ」

「躰に負担のかかるものではありませんから」

「これからの実験は、そう、あくまでも実験よ……私のヴァギナで試してみるわ」

ヤッタ！　と、学人は叫びたかった。

「僕はただのモルモットです」

笑みがこぼれそうになるのをやっとのことで堪えながら、学人は無表情に言った。

「これは男女のセックスではなく、実験の一環なのよ」

「わかっています」

腹に着きそうなほど堂々と反り返っている剛棒を、もういちど握ってしごきたてた智香は、それに変化がないことを確かめると、深呼吸して後ろを向いた。

白衣に手を入れた智香は、ワインレッドのショーツを脱いだ。それだけ脱いで合体する気らしいとわかり、全部脱げよと言いたかったが、白衣の女医とする機会などめったにないだろうし、それはそれで興奮しそうだ。

赤いヒールも脱いだ智香が診察台に上がり、学人を跨いだ。

白衣がずり上がっていき、翳りがチラッと見えた。ゾクゾクした。

腰を落としていった智香が、剛直を握り、秘口に押し当てた。さらに腰が沈み、柔肉を肉茎が貫いていった。

「お……おお……こ、これは……おおっ」

学人は耐えきれずに声を上げた。

こんな女壺の感触は初めてだ。膣ヒダが蠢《うごめ》いている。

智香が腰を落としているので肉杭が奥まで沈んでいくという感じではなく、肉ヒダが肉茎を手招きし、吸い込んでいるというような感触だ。しかも、肉ヒダがたえずザワザワと蠢いている。

ヴァギナということが信じられない。精巧にできたセックスマシーンに、ペニスを突っ込んでいるのではないかと思いたくなる。それは、未来にしかできない男の夢の道具で、現代では作り得ないと思われるような精密なマシーンだ。

「おおお……す、凄い……凄すぎる……うっ」

ぴったりと腰と腰を密着させた智香が、軽く腰を揺すりたてた。

「おおおおっ。う、ううっ」

全身が悦楽の細胞になって、宇宙のはるか彼方まで飛び散ってしまいそうだ。

「イキそうなんでしょ?」

　智香が唇をゆるめた。

「こんなヴァギナは初めてだ……凄い。だけど、そう簡単にはイキませんからね。おおっ」

　三時間でも四時間でも腰を動かしてほしい。まるで夢の中だ。こんな名器の持ち主が存在することさえ夢のようだ。名器中の名器だ。

　締まりがよかったりすると、それだけで名器だと思ったものだが、智香のヴァギナは格がちがう。他の女と比べること自体、無理というものだ。

「まだイカないなんて、なかなかよ。でも、私がもっと動いたらダメでしょうね」

　智香の腰が浮き上がり、沈んでいった。

「おおおおっ」

　手足の指の先まで、全身に電気が走ったように痺れる。〈珍辰〉がなかったらこれだけで昇天だ。

「どう？」

「最高だ……これじゃ、ひょっとしたら三、四時間は無理かもしれない……だけど一、二時間は大丈夫だと思います」

　学人の額《ひたい》にうっすらと汗が滲んだ。

「一、二時間ですって？　いつまでそんなことを口にできるの？　十分もったら両手を目由にしてあげてもいいわ。その前に射精してしまったら、さっさと帰るのよ。これは、ひったくりを捕まえてくれたお礼ってことにするわ」

「これは実験の一環、あくまでも僕はモルモット。それでけっこうです。いろいろ試して下さい」

二度と巡り合うことはできないだろう最高の名器。学人は智香とドロドロになるほど交わってみたい欲求に駆られた。

こんな名器の持ち主とできるなら、このまま死んでも本望だ。男の最高の名誉かもしれない。こうなったら、妻も子供も仕事もどうでもいい。

学人は智香の膣ヒダに躰と心のすべてをゆだねていた。

智香が女豹《めひょう》のように学人の上で動く。白衣のままなので、いやらしい治療を施されているという錯覚に陥ってしまう。

「おお……ぐっ……んんっ……」

智香が動くたびに声が洩れる。声を出しっぱなしの状況だ。だが、イキそうでイカない。一時間も、もつかどうか不安なほどだが、〈珍辰〉が効いているので三十分なら自信がある。

亀頭を撫でまわしているようなのは何だろう。まるで智香の女壺には億の触手がついているようだ。

（そうか！　これがミミズ千匹って奴か。いや、千匹どころじゃないな）

総身が粟立っている。悦楽に躰が溶けてしまいそうだ。

上で動く智香が疲れたように動きを止めた。いつしか二十分経っている。これだけ騎乗位で頑張れば、疲れて当然だ。

「僕が上になりましょうか？　じっとしていていいですよ。動いてあげますから」

「信じられないわ……」

智香が学人の目を見つめて呟いた。

「これは現実です。あと十分イカなかったら僕の両手は自由。約束ですよ。だからといって、強引に襲ったりはしませんから。それも約束します」

「信じられない……一分ももった人はいなかったのに……」

壁にかかった時計をもういちど確かめて、智香は呆然としている。

「二十分なんて……」

「序の口です。ただし、〈珍辰〉を飲んでいるからで、そうでなかったら、とうにイッています。先生は名器中の名器ですから」

「私は三十一歳になったの。十七歳で男を知って、十四年も経つのに、誰ひとりとして私を満足させてくれた人はいなかったわ。みんな挿入するとすぐにイッてしまうの。よくも三擦《こす》り半よ」

智香の告白に、学人は、名器も辛いものだと同情した。

「一度でいいから、一時間……いえ、三十分でいいわ、アソコとアソコで繋がってすることができるならって、何度溜息をついたかしら……夫婦っていうのはセックスの相性も大切よ。だから、私はまだ独身なの。一生、夫になる人が見つからないかもしれないと思うようになっていたわ。でも、やっとこれで」

「待って下さい！」

智香の夫になれるなら幸せだ。だが、どうでもいいと思った妻と子供の顔が浮かび、反射的に智香の次の言葉にストップをかけていた。

妻とのセックスには飽きている。それでも、情が移っているのは否めないし、子供もまだひとり立ちまで時間がかかる。今、離婚するわけにはいかない。

「先生は素晴らしい人です。医者で名器で理知的な美人で。でも、離婚するのは……」

「えっ？　誰が離婚するの？」

「だから、僕が……妻と……で、先生と……」

智香が総身をよじるようにして笑った。

智香の腹筋が緊張するたびに女壺の中もキュッキュッと締まり、ますます学人の快感が昂まった。

「ごめんなさい。あなたに妻子があるのは保険証を見てわかってるわ。私も好きな人がいるの。でも、性生活の不満でうまくいかなくなるだろうと迷っていたの。だけど、もし、あなたのところの商品で普通程度のセックスが可能になるのなら、それは解決するわ」

離婚は難しいと思ったのもつかの間、智香が他の男と結婚する気だとわかると、学人は落胆した。

「私の今後がかかってるの。じっくりと商品の効き目を観察させてもらうわ。私を悦ばせてくれる？　〈珍辰〉以外のものも使っていいわ……できるなら全部、実験してみたいの」

落胆も一瞬だった。これから名器の智香と、汗まみれ、愛液まみれのセックスができるのだ。

智香が学人の両手のいましめを解いた。

智香は白衣を脱いだ。下に着ていた服も脱いだ。インナーは先に脱いだショーツと揃いのワイン色のキャミソールとブラジャーだ。

ショーツを履いていない剝き出しの下腹部がやけに猥褻だ。三角形に張りついた翳りが学人を誘っている。

「うんと私を悦ばせて。本当に満足させることができるの？」

「もちろんです」

学人は精力をつけるために、超高価な〈バズーカ宝《ほう》〉も飲み干した。

4

瘦せているかと思ったが、素っ裸になった智香の躰は、ふっくらと肉付きがいい。着やせするタイプらしい。三十路《みそじ》に入った女盛りの総身はいかにも美味そうで、ヨダレが出そうになった。

形のいい碗形の乳房の中心には、日本人離れした花びら色の大きな乳暈があり、熟《う》れた色づきの乳首が載っている。

「先生も精をつけといたほうがいいんじゃないかな。何か飲みますか？」

「けっこうよ。私を先にダウンさせてほしいんだもの。今まで、ダウンどころか、すぐに男がイッちゃって、どんなに虚《むな》しかったか。そうなると、男は私を悦ばせるために道具を使うしかないの。最悪だわ。血の通った男のものでイッてみたいの。でも、今はまだ、そんなことが可能とは思えないの」

「可能です。望みがかなったら、僕の希望も叶えてくれますか？」

「不可能なことじゃなかったら」

「先生を患者にして、僕が医者になって診察したいんです。お医者さんゴッコの真似ですね」

「いやらしいのね」

智香がクッと笑ったので、望みは叶えられると確信した。

「聴診器も貸してあげるわ」

ヤッタァ！　とVサインを出したい心境だ。

「どんな診察でもイヤと言いっこなしですよ」

「私の希望を叶えてくれたら、そんなことくらい。ともかく、おっきくなってるソレを入れて。ソレで悦ばせて。前戯はいいわ。私の中にじっくり入れてほしいの。ずっと繋がったままシテほしいの」

智香は、初対面とはまったくイメージのちがう、生々しい女になっている。

「前戯なしでいいとは、先生は濡れるタイプなんですね。さっきもすぐに挿入できたし」

「目の前のおっきくなったペニスを見て濡れるのは、健康な女として当然でしょう？」

「先生にアソコを診察されて興奮した患者がいたら、それを見て濡れるんですか？」

「ふふ、相手によるわ」

ときには診察室でも濡れることがあるのだ。

ミミズ千匹の名器の感触が甦り、亀頭がむずついた。素っ裸の智香と話をしているときではない。

「広いベッドがなくて残念ね。でも、あなたのそれじゃ、今はまともに外を歩くわけにもいかないから、ラブホテルにも行けないものね」

智香が狭い診察台に横になった。

広いベッドもいいだろうが、低い診察台にもそそられる。まだお医者さんゴッコは許可されていないが、すでに患者にいたずらしているような錯覚にかられ、学人の猥褻度は百パーセント以上だ。

（まずは正常位からはじめ、四十八手といくか）

四十八手がどういうものか詳しくは知らないが、ありとあらゆる体位を考えて智香を悦ばせたい。

スラリとした脚が伸びている。膝を離し、躰を割り込ませた。

表情だけ見ていると冷静だが、鼻から洩れるやや荒くなった息で、智香の期待と興奮が伝わってくる。

無言で挿入するのも変な感じで、

「形も濃さもちょうどいいくらいのステキなヘアですね」

ペニスに手を添えて秘口に押し当てながら、学人は言った。

柔肉への入口は、ヌルッとして熱い。十分すぎるほど愛液が溢れている。腰を沈めた。

「う……おおっ……やっぱり……凄い……おっ」

溶けそうなほど柔らかな膣ヒダの表面が、億の触手となって妖しく蠢いている。押し込むスピードより速く沈んでいくような気がする。誘い込まれていく感じだ。神秘の底に向かって吸い込まれていくようだ。

「最高だ……こんなヴァギナがあったなんて……」

「あう……硬くていい気持ち……オモチャなんかよりずっといいわ。これでイケるなら、私の人生が変わるのよ」

これで優秀な女医の人生を変えることができるなら、男の名誉だ。

腰が密着し、肉根が奥まで沈んだ。肉茎を包み込むだけでなく、絶えず側面に妖しい刺激を与えてくる不可思議な膣ヒダの感触に、学人は胸を喘がせながらじっとしていた。

一時間でも二時間でもこのままでいたい。これまで味わったことのない快感が、じわりじわりと肉茎から全身へと広がっていく。動かなくても、魔法の繊毛《せんもう》が生えているような肉ヒダが、やがて絶頂を与えてくれるはずだ。

「動いて」

心地よい水面をプワプワと漂っていたような学人は、智香の声にハッとした。

「私、今度は動かないから。じっとしているから、あなたが動いてくれなくちゃ」

きりりとした女医の顔に戻っている智香は、やけに不満そうだ。

正常位で合体していながら、目の前の智香の顔が見えなくなっていた。いくら美形であっても、名器中の名器とあっては、ヴァギナにだけ全神経が集中してしまう。

〈珍辰〉や〈バズーカ宝《ほう》〉を飲んでいるからいいようなものの、素のままで対抗したら、どんなに精力的な男でも、とうに昇天しているはずだ。

「じゃあ、知っているすべての体位を駆使して頑張りますから。バックに松葉崩しに茶臼《ちゃうす》に卍崩《まんじ》し」

学人は和洋折衷で適当に体位を口にして、まずは正常位の抜き差しを開始した。

「おおおおっ」

あまりの肉ヒダの凄さに、学人は動きながら声を上げた。

「あう、いいわ。続けて。イッちゃだめよ」

三擦り半が出し入れの最高だったという智香は、長い合体だけを望んでいる。いつ学人が射精してしまうかと、そればかりが気になるようだ。

「百回でも二百回でも続けますよ。数えていいですよ。おおっ……」

「三……四……五……十……凄いわ、これまでの最高よ。十一……」

抽送回数を本当に数えだした智香に、おいおい、それじゃ、快感が逃げちまうだろう、と言いたかったが、智香は智香なりに、初の体験に歓喜しているのだ。しかし、それはまだ肉の悦びではなく、ゲーム感覚の頭脳的な喜びに過ぎない。

(今に数を数えることなんか忘れさせて、喘ぐだけにしてやるからな)

「二十……二十一……」

驚嘆している智香の表情を眺めながら、学人はときおりスピードを変えたり、腰を左右に揺すったりして変化をつけた。

「三十……ああ……いいわ……こんなの初めて……いいわ……奥の奥が変……躰も全部変になりそう……」

智香は三十回目の抽送あたりから、回数を数えるのを忘れて、いい、を連発し始めた。

「そ、そこ……」

「入口ですか?」

「いいわ……そこだけコリコリして」

入口を肉笠で何度も引っ掻いてやると、智香はしこり勃った乳首を載せた乳房を両手でつかんで狂おしそうに身悶えた。口をあけて眉間に皺を寄せた智香の顔はセクシーすぎる。

「そうか、先生は入口が特に感じるんだ」

「奥まで入れて。背中まで突き刺していいから」

入口ばかりサービスしていると、今度は、奥まで入れろと催促だ。背中まで突き刺していいという表現は凄い。

処女を失って十四年目にして、初めてのまともなセックスとあっては、狂いたくなるのもわかる。

「内臓をぶち抜いて、背中までいきますよ」

学人は入口付近の浅いところを四度軽く擦り、五回目は思いきり腰を浮かして、弾みをつけて奥へと打ちつけた。

「くっ！　いいっ！　殺してっ！」

防音工事はちゃんと施してあるだろうか……。

学人はヒヤリとした。それほど智香の声は凄まじかった。

肉ヒダの感触は相変わらず絶品だ。だが、智香が感じだしたとわかると、自分が快感に酔うより、智香をエクスタシーの海でおぼれさせてやりたいという気持ちのほうが勝ってきた。

「今度はバックから」

肉茎をヒョイと抜くと、

「ああっ、ダメダメダメッ！　抜いちゃダメッ！　ダメって言ったでしょ！」

智香がペニスに向かって、腰をグイと近づけた。

「うつぶせになれ！　すぐにケツのほうからぶち込んでやる！」

学人は乱暴なオスの口調で言った。

ビクリとした智香が、一瞬、迷ったふうな顔つきをしたが、テラテラと黒光りしている肉杭を見つめると、サッとうつぶせた。

「美味そうなケツだ」

パクリと尻肉に歯を立てた。

「ヒッ！」

尻がバウンドした。

「ケツをあげろ。腕も立てろ。バックから突き刺してやる」

バシッと尻を叩きのめした。快適な肉音だ。

ヒッと声を上げた智香は、慌てて犬の格好をした。

こうなると、汗みどろのオスとメスがセックスのためだけに生きているような凄まじい雰囲気になった。

「ぶち込んでほしけりゃ、じっとしてろよ。尻を落としたらしてやらないからな」

学人はこれまでにない凶暴なオスに大変身していた。そんな自分が自分でないような気がしていたが、〈バズーカ宝《ほう》〉の威力だと、フッと気づいた。

（そうか、俺は俺でも、俺でなくなってるんだ）

学人はこの状況がやっと理解できた。

智香は女医のプライドなど消して、尻をクイッと持ち上げている。

双丘の狭間についているメスの器官が、溢れた愛液と今までの抽送の刺激で、淫らな赤い色を放っている。

「イヤラシイオ××コだ。スケベ汁をタラタラ流して、入口は物欲しそうにヒクヒクしてるぞ。ぶち込んでほしいのか」

「ああ……早く入れて。お医者さんゴッコしたいんでしょ？　何でもしていいから早く入れて」

そうだった、智香を患者にして猥褻の限りを尽くすのだ。それには、まずは、智香の花びらがすり切れるほどの、激しい抜き差しをしてやらなければならない。

「死ね！」

真後ろから肉刀を突き刺した。

智香の腕がブルブルと震えた。

「どうだ、ワン公になった気分は。俺のものは内臓に届いてるか！」

「くっ！　死ぬゥ！」

「ああっ！　内臓がグチャグチャ！　もっと突いて。んんっ！」

まるで二匹の獣の交わりだ。

学人はかつてこれほど激しいセックスを経験したことがない。やっていることは大したことでなくても、智香の悦びの表現がダントツだ。それだけ、自分も猛《たけ》り狂っていると感じてしまうのだろうか。

智香の尻に向かって腰を打ちつける。そうしているうちに、智香が徐々に前のめりになっていき、診察台から落ちそうになった。

落ちて頭でも打ったら大変だ。

肉根を抜いて正常位に戻そうとした。だが、智香は仰向けになろうとしない。

「後ろから……シテ」

やけにバックが気に入ったようだ。しかし、やはり診察台が狭すぎる。

膝を床に着かせ、ベッドに半身だけ預けさせ、尻を突き出させた。

これならいくら抽送しても、診察台が壁にくっついているので智香がずれていく心配はない。

テラテラと光り輝く巨砲を、アヌスの下であんぐりと口をあけているいやらしい秘肉に押し込んだ。

魔法の触手が肉茎を締めつけては撫でまわした。このままじっとしているうちにイケたら最高だが、イクより先にイカさなければならない。まだ智香は昇りつめていない。

腰を捻《ひね》りながら、肉杭を回転させるようにして抜き差しした。ヌチャッヌチャッと、淫らすぎる音がした。

必殺肉槍スクリュー攻めに、智香の肉ヒダは今まで以上に不思議な触手を蠢かせながら、学人のペニスを食い締めてきた。

「あう……嘘だろ……凄すぎる」

学人は息が止まりそうになった。

5

「ああっ！　死ぬ！　ああっ！　たまらないわ！」

智香も顎を突き上げ、頭を振って激しく悶えている。

そのうちに、アップにしていた髪が乱れだし、肩の下まで垂れた。細い黒髪が、喘ぎとも叫びともつかない声とともに乱れるさまを見ていると、学人の獣欲もますます昂まった。

バックからも刺激的でいいが、智香の顔も見たい。肉根を引き出した。

「あ、いや」

上気した智香が振り向いた。

枕元に畳んであった肌布団を床に広げた学人は、智香をそこに仰向けにした。

ヌメヌメのグチャグチャになっているいやらしい秘口に、まだまだ元気な肉杭を打ち込んだ学人は、智香の両足を肩に載せた。

「あう！　お尻に突き抜けるゥ！」

入れてすぐにイッてしまった男達は、この体位はできなかったはずだ。

首をのけぞらせた智香の半びらきの唇から覗く白い歯が、天井の明かりを反射して妖しく輝いた。

「どうだ、そろそろイクんじゃないか？　これから百回転どころか、千回転ピストンだぞ」

脚を肩に載せたまま、上半身を倒していき、腰をグリグリと擦りつけた。それから、クイクイと小刻みの出し入れを開始した。

「あうあうあうあう、た、たまらない！　イ、イキそう！」

それでも智香はなかなかタフでイカなかった。だが、小刻みな動きを繰り返した後、ズドンと大砲を撃ち込む動作を繰り返すと、やがて、短い声を上げて硬直した。

「な、なんだ……おおっ！」

絶頂を極めた智香の秘口はもの凄い速さでひくついて、学人のものをさらに奥へと呑み込もうとしている。

バルーン現象で女壺の奥は広がっているが、その手前の膣ヒダは収縮し、側面をヒクヒクと握り締める。

言葉では言い表せない快感に、学人は男ながら失神しそうな気がして、グッと歯を食いしばった。

秘壺の収縮が治まってきた。本来なら、ここで腰を再度動かせば、智香は引き続き絶頂を得るだろうが、あまりの名器に、射精を堪えるのがやっとだ。

智香は口をあんぐりと開けたまま、視線を宙に這わせている。

「イッたみたいだな。だけど、俺はまだイッてないぞ」

蜜まみれでふやけそうな剛棒を出して、智香の目の前に持っていった。

「信じ……られ……ない」

やっと聞き取れる声だった。

「さてと、約束だから、これから俺が医者だからな」

僕がいつしか俺になっていた。

聴診器を取り、ふくらんでいるぬめった肉のマメに押し当てた。

「くっ！」

「オマメが異常に脈打ってるな。検査してみよう」

顔を近づけて臭いを嗅いだ。メスのフェロモンが凝縮《ぎようしゆく》されて、猥褻きわまりない香りがほかほかと漂っている。

オキシドールかエタノールかわからないが、消毒液に浸かったボール綿があるのに気づき、ピンセットで抓《つま》んで、肉のマメに押し当てた。

「んんっ！」

絶頂の余韻があったためか、またも智香は気をやってしまった。

「消毒しただけなのにイクとは淫乱病かもな。中も調べてみよう」

床に寝かしていては見づらいので、再び診察台に載せ、商売道具のクスコを出して押し込んだ。ねじをまわして秘口をひらいていく。その間も、白い液や透明な愛液が溢れ続け、小水を洩らしているようだ。

診察台にシミをつけないように、慌てて、脱ぎ捨てられている白衣を尻の下に押し込んだ。

名器はいったいどうなっているのか。智香の器官を覗き込むのは、お医者さんゴッコというより、他の女とはちがう不可思議な器官を観察してみたいという気持ちからだ。

パールピンクに輝く粘膜は、他の女と変わりはない。ただ美しくぬめり輝いているだけで、妖しい無数の触手など生えてはいない。

それがよけいに智香の名器の神秘を増幅させた。決して他の女と同じはずはないのだ。

「膣温を計ってみるか。動いたら危ないぞ」

「そんなところを……計るなんて……いやらしい人」

動くのも気怠《けだる》いような智香は、拒《こば》みもせず、白い太腿をひらいたままだ。

体温計を手にすると、学人の剛直はカウパー氏腺液をしたたらせながら、滑稽なほどひくついた。

体温計を押し込む前に、ぼってり太った肉のマメを、先っちょでツンツンとつついた。

「あは……」

あえかな喘ぎが洩れた。

本来、入れるべきものではないものを女壺に押し込むとなると、鼻息が荒くなって心が弾む。

小指より細い体温計というのに、いざ挿入を始めると、秘口がキュッと締まった。膣ヒダも蠢き始めているのかもしれない。

五分間は長すぎる。時々出し入れしていたずらした。

「おっきいのをちょうだい」

体温計の出し入れにむずがるように腰をくねらせた智香が、エクスタシーの後の疲労を回復してきたのか、またねだった。

体温計を抜いた。三十六度八分。平熱か、わずかに高いといったところだ。燃えるように熱いと思っていたが、拍子抜けした。だが、意外性がないというところが、智香の場合、不思議なのだ。

体温計など入れるより、やはり、弓形の元気な肉茎を挿入するに限る。その前に、尻に敷いている白衣を着てもらうことにした。

素っ裸に白衣、前ボタンはすべて外したまま。ついでに赤いヒールも履かせた。

食指をそそられる。赤いヒールの女医とセックスできる男がどれだけいるだろう。

「変な趣味があるのね」

すっかり黒髪をロングに垂らし、会ったときとはイメージのちがう女になった智香が、診察台に腰を下ろした。

「私、夢を見ているのかもしれないわ。あれから一時間以上経っているのに、あなたのペニス、まだ萎えてないんだもの。夢かも……夢だったらがっかりよ。セックスが最高潮のとき、目覚ましが鳴るのかしら」

「現実だと言っただろう？　使った商品の料金は払ってもらうぞ」

学人はだいぶ強気になっている。

「現実なら、いくら払っても安いものだわ」

「〈珍辰〉を飲んで、呆れるほど精力の増す〈バズーカ宝《ほう》〉も飲んだから、まだまだもつはずだ」

「ほんとに信じられないわ……これまで、相手にいろんなものを試してもらってもダメだったのに……」

「世の中に出まわっている商品はピンキリ。元気堂のものは最高級品と自信を持ってるからな。さて、第二ラウンドにいこうか。俺はまだ一回戦での中休みだ」

智香を壁際に立たせた。

秘園が濡れているのは確認済みだ。肉茎を押しつけて腰を近づけた。

「立ってするの、初めて」

期待に紅潮した智香が愛しい。

一物が沈んだところで、白衣をひらいてふたつの乳房をつかんだ。もみしだきながら乳首を吸い上げた。舌で果実を転がし、甘噛みすると、秘口と肉ヒダが快感に合わせるように、グニュリグニュリと収縮しはじめた。

「こんな日が来るなんて……妄想の世界でしかないと思ってたのに……いえ、妄想していた世界より素晴らしいわ……夢でないなら」

普通の男女のセックス行為を諦めていたらしい智香にとって、きょうは人生が変わる日なのだ。

「キスしない？　まともな女は、好きな男にしか唇は許さないものよ。だけど、今、したいの」

「好きでもない男と？」

「いやらしいところと野蛮なところが最高。ひったくりの前に立ってバッグを取り返してくれたのもあなただったわね。いつのまにか、すっかり忘れてたわ」

智香がクスッと笑った。

立ったまま合体し、唇を重ねた。とろりとした唇の感触に、背中がそそけだつような快感が走った。

舌を差し入れると、智香の舌も入り込んできた。舌と舌が絡み合った。唾液が多量に湧き上がってきた。

智香の唾液も、ご馳走を前にしているように、口いっぱいに溢れてきた。

ふたりは互いの唾液を奪い合いながら、舌を動かしては唇を舐めまわし、吸い上げた。

鼻から洩れる熱く湿った息が、互いの顔を濡らした。

学人の肉根がヒクヒクと反応した。

智香からくぐもった声が洩れた。同時に、膣ヒダが妖しい触手で肉棒を責め立てた。

今度は、学人が息を止めた。

智香が腰を揺すりたてた。負けじと学人は腰を打ちつけた。

「あう、最高よ！　ね、いやじゃないなら、ときどき楽しまない？　こんなに楽しくて気持ちのいいセックスは、他の人とできるかどうかわからないし」

「彼がいて結婚するんじゃ……？」

「やっぱり結婚なんてバカバカしいわ。女は損よ。特に女医は。ときどきこうして楽しむのがベストだわ」

今度は、学人が夢を見ているのではないかと耳を疑った。

「いつもお医者さんゴッコしていいのか。俺が医者で」

「ふふ。いいわ。いやらしいセンセ」

またも輝かしい未来がひらけてきた。学人は渾身の力をこめて、智香を穿《うが》ち始めた。

第5章　美肉の宴《うたげ》

1

妻の明子は学人が出張から戻ってくるときは、ぶ厚いステーキを用意するようになっている。そんなとき、子供には鳥の唐揚げだ。

元気堂に勤める前は、職が見つかるまではと、学人にろくなものは食べさせなかったというのに、就職してからは、やけに気前がいい。

再就職できたのでステーキが出てくるのではなく、夜のベッドインのためだと察しはついている。

「あなた、しっかり食べてね」

出張から戻ってくると、明子は気色悪いほど愛想がいい。

「社長から、何かもらってきた？」

子供を早々に風呂に入れて子供部屋に追いやった明子は、唇をゆるめて尋ねた。

売り上げがいいので、会社に戻ってから、社長の彩音がたいてい褒美をくれる。今回は〈槍ヶ茸〉を一回分もらったが、素晴らしい女に出会ったときに使いたいので、それまで隠しておきたい。

「元気堂の商品は、どれもこれも呆れるほど高価なんだぞ。いつもくれるはずがないだろう?」

明子の目を見ないようにして言った。

「ウソ。もらってきたくせに」

明子が即座に返した。

「ウソなもんか……」

「売るほどあるんだから、社長がくれなくても、ひとつぐらいこっそり持って帰れるわよね」

確信的な口調だ。

「そんな泥棒みたいなことができるか」

「ふふ、あとでこっそり出すつもりでしょう? 寝ましょうか。寝たほうがいいわ。疲れたでしょう? 出張ばかりでご苦労様」

猫撫で声だが、内心、亭主元気で留守がいいと思っていることぐらいわかっている。しかし、夫婦の営みは求めている。とびっきり長続きのする精力的なセックスだ。

それもわかっているが、今夜はゆっくり休みたい。

元気堂に勤めるようになってから抱いた最高の女達を思い出しながら眠りにつくと、楽しい夢を見られるにちがいない。いや、元気堂に入社してからの毎日が、学人にとっては夢のようなものだ。こんなに幸せな男でいいのかと、ときどき不安になるほどだ。

それが、今、目の前には、あまりにも現実的すぎる妻の姿が……。

「ふふ、あなた、寝ましょう」

今夜は絶対に明子が寝かせてくれないとわかり、ゾッとした。

「今夜は商品の勉強をしておきたいから、先に休んでくれ。いろいろ覚えないといけないことがあるんだ」

「だめよ、帰ってきたばかりなんだから休まないと。何日出張してたと思うの？　いつだって一週間も二週間も帰ってこないんだから」

「一カ月以上帰ってこないで頑張ってる奴もいるんだ。俺は早く帰ってくるほうだ。そのうち、俺も長期出張になると思う」

「それならなおさら、戻ってきたときぐらいリラックスしなくちゃ」

よけいなことを言ってしまい、結局、寝室に引っ張り込まれてしまった。

「これ、飲んで」

〈槍ヶ茸〉を差し出した明子に、学人はギョッとした。

「どうしたんだ……」

「鞄に入ってたじゃない」

「人の鞄を黙って開けたのか」

「だって、いつかお土産を出し忘れて、腐らせちゃったことがあるじゃない。あなたは忘れっぽいんだから、点検しないと心配で」

勝手なことを言いやがってと、学人は腹が立った。

「早く飲んで。どうなるの？」

「ただの疲労回復ドリンクだ」

「それなのに、呆れるほど高いの？　全部高いって言ったわよね？」

「それは安い……」

「だったらお水感覚で飲んでいいじゃない」

「無理に飲むほどのものじゃない」

「じゃあ、私が飲んでもいいわね」

明子がフタを開けて口に持っていった。

「待て！　飲むな！」

明子のクリトリスが巨大化すると困る。学人は慌てて叫んだ。

美人社長の彩音の肉のマメなら丸々と太らせて食べてみたいが、明子のものなど、いつもの大きさで十分だ。それに、元々、〈槍ヶ茸〉は男の肉笠を巨大化させるものなのだ。

「本当は何なの？」

学人の尋常でない慌てように、明子が勝利者のように笑った。

「まだ実験段階のものだ……」

「社長が実験してこいって言ったの？　凄いの？　早く飲んで」

「死んだらどうするんだ……」

「保険が下りるから大丈夫。私達のことは心配しないでいいから」

血も涙もない女房だ。

学人が飲もうとしないのを見て取ると、明子がドリンクを口許に持っていく。学人は慌てて制止する。明子は駆け引きのつもりらしい。

「どうなったって知らないからな」

他の女としたかったのにと思いながら、学人は捨て鉢な気持ちで高価な〈槍ヶ茸〉を飲んだ。

ムクムクと肉の笠が広がってくる感覚とともに、猥褻な気持ちも増してきた。

つい今し方まで明子との営みは遠慮したいと思っていたのに、笠の広がりとともに、猛烈に性欲が湧いてきた。

元気堂の商品を販売しはじめて、何人の女達とベッドをともにしただろう。それまで、女に対して、あまり自信はなかったが、今では、元気堂の商品を使えば、必ず女をとろとろにさせる自信がある。

明子も、学人が元気堂の商品を使うと、これまでにない悦びを与えてくれるのを知ってしまった。出張から戻ってきた学人を見ると、爛々《らんらん》と目が輝く。

「ね、ね、ね、ね、どう?」

明子の声は期待に満ちている。

学人はパジャマを脱ぎ捨てた。

「凄い! そ、それって! 凄いわ! 凄い! ウッソ〜」

目をまん丸くして股間の巨大な大砲を見つめた明子は、口に溜まった唾液をゴクッと音をたてて呑み込んだ。

学人は明子のパジャマを剝ぎ取って、ベッドに押し倒した。

「すぐに入れないで。そんなおっきなのを入れられたら壊れちゃう。でも、気持ちよさそう……ああ、どうしたらいいの」

明子の声が震えている。恐怖ではなく期待と興奮のためだ。

生まれてくるときの子供の頭に比べると、巨大化しているとはいえ、ひらいた肉の笠など可愛いものじゃないかと、欲情している学人は、秘口に亀頭を押しつけた。

いきなり挿入しようとしたものの、秘園は溢れるほどのヌルヌルで、ツルリと滑った。初めて見る巨大な肉笠に、明子は今までになく興奮している。前戯なしでも、濡れに濡れ、受け入れ態勢二〇〇パーセントだ。

鼻から荒々しい息を噴きこぼす学人は、今度は慎重に肉壺に大砲を押し込んでいった。

「あ……ああ……こ、壊れる……んんっ……あう」

明子は拳を握って顎を突き出した。

巨砲は確実に沈んでいく。学人も肉ヒダを広げながら突き進んでいく感覚にうっとりした。

奥まで沈めた後、ゆっくりと抜き差しを始めた。

「いい！　あう、凄すぎるゥ！　最高よ、あなた！　ああっ！」

発情まっただ中の獣のように、明子が歓喜の声を押し出した。


明子にねだられて限界までセックスしただけに、翌朝の目覚めはすっきりとはいかず、さすがに学人は倦怠感を感じた。

同じころ目覚めたらしい明子が、気色悪いほど鼻にかかった声で、ねェと、股間を触ってきたときは、勘弁してくれと、冷や汗が出た。

セックスの最中は夢中になっていたのに、覚めると、やはり女房は女房。できるなら女房以外の女と交わりたいと思ってしまう。何と言われようと、心の奥底から湧き上がってくる正直な気持ちだからしかたがない。

「私達、新婚当時と同じね」

明子にねばついた視線を向けられ、学人は胃が痛くなりそうになった。このままでは、いつ襲われてもおかしくない。

朝食を終えた学人は、逃げるようにして家を飛び出し、元気堂に向かった。

2

妻の明子から逃れるためというわけでもないが、学人は徐々に出張の日にちを延ばしていった。

出張中は明子と一戦交える必要がないどころか、他の女性との楽しみが待っている。仕事というより、男の贅沢を堪能しているようなものだ。そのうえ、売り上げも伸びて給料も上がる。一石二鳥どころの話ではない。

今や、前の会社に勤めていたときより、はるかに給料が高くなっている。

経理などという面白くもない仕事を、よく十年以上もやってこられたものだと、過去を振り返った学人は、我ながら感心した。

早いもので年も越し、立春も過ぎた。

寒さは最も厳しい時期だが、学人は風邪をひくのも忘れるほど元気に飛びまわっていた。

元気堂に勤めるようになって十カ月近く経っている。

「あなた、想像していた以上のやり手だわ。輸入が間に合わずに、我が社の倉庫が空になるかと心配なこともあったほどよ」

正月明けから出張に出ており、やっと戻ってきた学人に、社長の彩音が笑みを浮かべた。

（俺が売り上げナンバーワンになるのかもしれない！）

来月の三月末までの売り上げで、彩音との豪華温泉一泊旅行が決まるのだろうと、学人の血が騒いだ。

「ここの年度末の締めは、一般の会社と違って、年末ってこと、言ったかしら。カレンダーどおりにお正月から始まって大晦日で終わり」

学人は、えっ？　と思わず声を押し出した。

春から勤めだした学人と、以前から働いている正社員では、四カ月ほども差があって不利だ。考えるまでのこともないが、いくら頑張ったからといって、ナンバーワンは難しい。

天国から地獄の心境だ。

「それで、売り上げナンバーワンは、また女性の社員だわ」

やっぱり……と、学人は落胆した。

ナンバーワンが男でなく女子社員というのが、せめてもの救いだ。それでも、今まで感じなかった疲労を、突然、肩のあたりに感じた。

「あなたもずいぶんと頑張ってくれたから、奥様との温泉一泊旅行をプレゼントすることにしたわ。お子様はどうしようかと考えたんだけど、あなたは出張ばかりだし、夫婦として、お互いに淋しい思いをしているんじゃないかと思って、たまにはふたりきりがいいだろうと、お子様はこちらが責任を持ってお預かりすることにしたわ。いえ、私が預かるんじゃなくて、超一流のところに預けるから、決してお子様は淋しがることはないわ」

妻とふたりで温泉旅行……。

さらに重い荷物が、肩だけと言わず、全身にのしかかってきたような気がした。

プレゼントというより、罰ゲームのようだ。

そりゃあないよ、と泣きたかった。

いっそひとりなら、ひそやかな楽しみができる。一夜を楽しめるか否かの賭にも出られる。

今の学人は、去年の今ごろの学人とはちがう。生まれ変わって自信もでき、元気堂の商品さえ、ひとつふたつ忍ばせておけば、女に随喜《ずいき》の涙を流させることぐらいたやすいと思えるほどになった。

夫婦の旅行ともなれば、一睡もしないで攻められ、ボロ雑巾のようになって帰ってくることになりそうだ。

「いいところよ。奥様も楽しんで下さると思うわ。私とナンバーワンの彼女もいっしょの日に同じ温泉に泊まるけど、もちろん別室を取ってあるわ。各部屋に露天風呂もついてるし、お食事も運んでくれるし、いったん部屋に入れば、私たちとも会わないで済むと思うから、伸び伸びと羽を伸ばしてね」

ますます最悪の事態だ。

混浴があるからとでも言われれば、彩音とナンバーワンの社員の裸を拝めるかもしれないと一縷《いちる》の望みができるが、各部屋に露天風呂までついているのでは、贅沢もかえってあだにしかならない。シタイ盛りの明子と個室に押し込められるようなものだ。

「あの……女房の旅行までプレゼントしてもらっては、その……申し訳ないです。僕だけでいいです」

「何を言うの。長期出張を許してくれる奥様がいたからこそ、しっかりとお仕事できたんじゃないの。奥様に感謝してるわ。一日会って、お礼ぐらい言わせてもらうつもりよ」

まだ明子に、社長は女だということも言っていない。

「社長自ら愚妻に挨拶なんてとんでもないです。どうか、気にしないで下さい」

「気にしないでって言いたいのはこちらよ」

旅館のパンフレットや切符の入った封筒を渡された学人は、明子の驚喜する姿を脳裏に浮かべて、なんてことだ……と、目の前が暗くなった。


旅行当日、明子はマンションを出る前から、やけに元気だった。

「いい社長さんね。子供を預けるところまで面倒みてくれて、露天風呂つきの部屋をプレゼントしてくれるなんて。こんな贅沢、初めて。今どき、こんな気の利いたトップなんていないわよ」

明子の背中に羽が生えて、今にも飛び立つのではないかと思えるほどのはしゃぎようだ。

「いいところに就職したわね。給料も前の職場以上だし、私、夢を見ているみたいよ。あなたがセールスに向いてるなんて思っていなかったもの。生活していけるか不安だったのよ。商品がいいから売れるのは当たり前と思うけど、世の中、お金持ちも多いのね。食べるだけでギリギリの庶民は、いくらアレが楽しめるからといったって、目の玉が飛び出るほど高いものは買えないわ。それなのに、ときどきアレも、タダでもらえるなんて」

最初のアレはセックスで、最後のアレは商品だ。

「今夜が楽しみね。何かもらってきてるんでしょ？」

ウフッと笑った明子に、学人は手ぶらだと言ったが、期待されているのがひしひし伝わってきた。宿に着いたら一年分疲れたと言って、眠った振りをしようと思った。

新幹線はグリーン車だ。

二月末ということもあり、ただでさえ旅行客が少ないときに、グリーン車はガラガラで、他に誰も乗っていない。

乗り込んでしばらくすると、彩音が乗り込んできた。その後ろから、涼子が続いて入ってきた。

いち早くふたりに気づいた学人は、意外さに困惑した。

同じ日に同じ宿を取っているのは聞いていた。だが、新幹線もいっしょだとは思わなかった。涼子が同行者というのも意外だ。

ふたりは学人達の席の横の通路で立ち止まった。

「こんにちは。ひょっとして、お隣の方は、由良さんの奥様かしら」

明子が怪訝《けげん》な顔をして、彩音を見上げた。

「明子、元気堂の絹塚社長と、社員の青島さんだ」

学人は明子の服を引っ張って立たせた。

「えっ……？　女社長……さん……？」

明子は口に入れたチョコレートの粒を、慌てて噛《か》んで呑み込んだ。

「ふくよかでステキな奥様だこと。初めまして。由良さんは我が社の販売員として抜群の働きをしてくれて、本当に助かっております。今夜はゆっくりとなさってね」

「びっくりしました……だって……てっきり社長さんは男の人とばかり思っていましたから。この人からそんなこと聞いていなかったもので」

「この不況の中、仕事の鬼でなくては生きていけません。会社では男みたいなものですから、由良さんは、私のこと、とても女だなんて言えなかったんだと思います」

社長は女の中の女だと言いたかったが、明子の手前、それはまずい。学人は聞き流すことにした。

「出張が多くて、奥様にはご迷惑をおかけしますが、これからもよろしくお願いいたします」

「いえ、こちらこそ……私達だけ特別に、豪華な旅館をプレゼントしていただきまして……」

「豪華というより、客室が少ないだけに、サービスも行き届いて、ゆっくりとくつろげる宿ですから」

「子供のことまで考えていただいて……きょうはディズニーシー、明日は富士サファリパークに連れて行ってもらえるんだと、何日も前からはしゃいでいました」

「お留守が多くてお淋《さび》しいでしょう。雇用者として、ほんの罪滅ぼしです」

「これまでの夫の会社では、とうてい考えられない待遇です」

明子はやたら恐縮している。

「あの、売り上げナンバーワンというのは……」

学人は横から口を挟んだ。

「もちろん、涼子さんよ」

彩音が学人の問いにこたえると、涼子が背後で笑みを浮かべた。

ナンバーワンは誰かと、学人は今まで訊きもしなかった。他の社員と顔を会わせることもほとんどなく、訊いても無意味だと思っていた。

彩音と同行してきたのは涼子だったが、改めて尋ね、やはりそうなのかと確認できたものの、狐に抓まれたような感じだ。

涼子が誰にどんな売り方をしているのか知らないが、欲求不満の女達に対しては、大人のオモチャもさりげなく売ることができるような気がするし、そんな女達に、亭主に試してみたらと、精力剤も、いくらでも売ることができるような気もしてきた。

元気堂の商品を売るのは男のほうが都合がいいと思っていたが、やり方次第で、男も女も関係ないような気がしてきた。

すると、涼子が女の客だけでなく、見知らぬ男達とベッドの上で激しいセックスをしている妄想まで浮かんだ。涼子のナイスボディを見れば、男はいくらでも商品を買い取るだろう。毎年、ナンバーワンは涼子かもしれない。

元気堂に入ってすぐ、一週間もの間、三階の事務所の奥の部屋で涼子から、元気堂の数々の商品を試すために実地でレッスンを受けた。そんな去年の春の日々が夢のようだ。この素晴らしい涼子と、講習という名目で、一週間もセックスをし続けることができたのだ。

(元気堂を知ってから、夢のようなことばかり続いたな……こんなに美しい涼子と何度もセックスをすることができて……出張先でもいい女達と……。それなのに、どうして今だけ現実なんだ。憧れの社長と、何度も躰を合わせたことのある女が目の前にいるのに、女房はあまりにも現実的すぎる……まさか、俺の夢が、ここでおしまいになるってことじゃないだろうな……)

悪夢が過ぎ去り、バラ色の夢の日々が今後も続きますようにと、学人は祈った。

ふたりは同じ車両ながら、だいぶ離れた席についた。気を利かせたつもりで、故意にそういう席の取り方をしたのだと、出張慣れしている学人にはわかった。

「どうして言わなかったのよ」

明子が肘で学人をつついた。

「何を……」

「社長が女だって」

「どっちだっていいだろう？　最初、元気堂に就職が決まったと言ったとき、おまえは、小さい健康食品会社だとバカにして、給料は基本給と売り上げだと言ったときも、それで妻子が養えるのとバカにしたじゃないか。そんなおまえに、社長が女だと言ったら、もっとバカにしたはずだ」

「私が忘れたようなことまで、よく覚えてるわね。だけど、どうして社長が女だとバカにしないといけないの？　それって、私が同性をバカにしてるみたいじゃない。今の時代は女だって男と肩を並べて働いてるものよ」

「そうじゃなくて、社長が女ということで、変なことを勘ぐられたりしたらバカバカしいからな」

「どういう意味？」

「だから、俺と社長のことを疑われたりしたら困る」

明子はいきなり呆《あき》れるほどの声で笑い出した。

前方の彩音と涼子が、同時に振り返った。

「おい、下品な笑いはよせ。社長達が驚いてるじゃないか」

明子が肩を竦《すく》めて口を押さえた。

「だって、あんなにステキな美人社長なのよ。あなたはただの社員。どうしてあなたみたいな人が、あんなやり手の美人の社長さんに相手にされるのよ。社長といっしょの人もステキね。あの人からも相手にされるわけないわ。自分の立場がわかってるの？　もっとじっくり鏡を見てみたら？」

そこまで言うかと、学人は腹が立った。

(俺はな、あの涼子とただれるほどセックスしたんだ)

喉《のど》まで出かかった言葉を呑み込んだ。

「俺は最低の男みたいじゃないか。そんな男と、よく旅行なんかできるな」

学人は不愉快でならなかった。

「元気堂のものさえあれば、あなただってスーパーマンみたいに変身できるんだもの。ここにいるあなたとアノトキのあなたは別人。今夜が楽しみ」

さんざんこき下ろしていながら、明子はウフッと鼻にかかった声を洩らして、学人にしなだれかかった。

3

贅《ぜい》を凝らした和風旅館だが、十室ばかりの宿だけに、ざわめきもなく、宿泊客らしいひとりの男が、玄関近くの囲炉裏《いろり》端に座っているだけだ。

「ようこそいらっしゃいました」

出迎えたのも、作務衣《さむえ》に似た藍染めの服を着た女ひとりだ。

「順にお部屋にご案内いたしますので、ひと組様、十分ほどお待ちいただけますか？　少ない人数でやっておりますので」

「僕たちは後からでいいです」

「ええ、お先にどうぞ。囲炉裏なんてステキ。ちょっとここに座ってみたいわ」

明子は修学旅行生のようにはしゃぎながら、先に座っている男に軽く会釈して、囲炉裏端に腰を下ろした。

「じゃあ、後は邪魔しないから、ゆっくりと仕事の疲れを癒《いや》してね」

彩音達が廊下を歩いていった。

学人は、いよいよ妻とふたりの地獄の時間がはじまるのだと思ったが、先に囲炉裏に座っている男をチラリと見て、

「よくここにはおいでになるんですか」

立ったまま訊いた。

「いえ、初めてです……」

四十歳ぐらいの男には、なぜか精気がない。

「奥さんはお風呂ですか。ここには、他にもいろいろと風呂があるようですね。女性は風

呂好きですからね」

「ひとりです……」

それから男は溜息をつくように下を向いた。

学人は喉を鳴らした。

「ひとりでここに？　お連れはいらっしゃらないんですか」

男は頷いただけで、今度は口を開けなかった。

「だめよ……あんまりしつこく訊いちゃ。失礼じゃない。すみません」

明子が注意した。

「ちょっとトイレに行って来る……」

学人は男の後ろに立ち、ぐるっと回転して周囲を見まわした。

「トイレはどこかな」

「アッチじゃない？」

明子が右手を指さした。

学人は足早にトイレに向かった。

角を曲がったところで立ち止まり。こっそりとふたりを眺めた。

明子が小首を傾げるようにして男を眺め、やや顔を突き出した。

「あの……どうしておひとりなんですか」

明子が男に話しかけた。

囲炉裏の火を見つめていた男は、ちょっと顔を上げたが、無理に笑いを装っただけで、何もこたえなかった。

「ひとりのほうが楽しいですか？」

また明子が尋ねた。

男がやはり何もこたえないと知ると、

「横に行ってもいいですか？」

返事を聞かないまま、男の横に移ってしまった。

明子は男にどこから来たのか、いつまでいるのかなど、根掘り葉掘り訊いている。

学人は明子が男の横に移ったことで、いったいこれからどうなるだろうと、動悸がした。

「ご主人が戻って来られますよ……」

くっつくほど身を寄せてきた明子に、男が困惑している。明子が近づくだけ、男が逃げ越しになっている。

最初は確信が持てなかったが、今、学人は、明子が男に魅惑されているのを確信した。

ふたりの声が小さくなり、学人には内容が聞き取れなくなった。

やがて、彩音達を案内した仲居が戻ってきた。

「あら、ご主人は……?」

明子は仲居が戻ってきたことさえ眼中にないようだ。

学人はいかにも用を足してきたという顔をして、戻ってきた。

「お待たせしました。どうぞ」

明子の荷物を持った仲居が、客室へと案内した。

「社長さん、ここを気に入って下さって、年に二、三度、ご利用していただいているんですよ。特に桔梗《ききょう》の間がお気に入りなんです。今度、ご夫婦で、またそちらの部屋にもお泊まり下さいね」

仲居が〈竜胆《りんどう》〉の間を開けた。

「お庭に、ご覧のように露天風呂はついておりますし、室内には檜《ひのき》のお風呂もついておりますが、さっきの囲炉裏のあるところから右に真っ直ぐ行ったところにも弁天湯、天女の湯、不動の湯など、少し広めの家族風呂もございますので、いろいろとお楽しみ下さい」

部屋にも小さな囲炉裏があった。庭の露天風呂から湯煙が上がっている。

これだけの部屋に泊まれるとなれば大はしゃぎするはずの明子が、仲居がいなくなってもやけに硬い表情をしている。心ここにあらずといったふうだ。

「夕食まで時間があるな。さっそく庭の専用露天風呂に入ってみるか。おまえもどうだ」

「わたし、ちょっと探検してくるわ。家族風呂なんかも見てみたいの。あなた、ゆっくり入ってて。私、気に入ったら、そっちに入ってくるかも」

タオルを一枚だけ持って、明子が出ていった。

学人は気づかれないように明子の後をつけた。

背後を気にする様子もなく、明子は一目散に歩いていく。そして、囲炉裏端に座っていた男と廊下の曲がり角で落ち合った。

「こんなことは……」

「お話だけでも」

「……」

「大丈夫」

困惑している男に対し、明子が強引に説得している。

ふたりは離れて歩き出した。男が〈撫子《なでしこ》〉という部屋に入った。明子は周囲をチラリと見まわして、数歩遅れて後から入った。

明子がこれから、どこの誰ともわからない男と浮気する……。

そう思うと、今夜の苦行から解放されたという安堵より、いくら誘惑されたからとはいえ、同じ宿に夫がいるのがわかっていて人の女房を抱く気か、などと、男への嫉妬とも憎悪ともつかぬものが渦巻いてくる。

明子とは結婚九年目に入り、子供もひとりいる。今では愛する女という感覚より、親兄弟に近いような感覚になっている。異性という新鮮な気持ちはとうに失せている。だから、セックスが苦痛なのだ。

しかし、自分の妻が他人に抱かれると思うと、惜《お》しい気がしてくる。

ほっそりしていた結婚当初の体に、今ではむっちりと肉がつき、それを見ただけで性欲が減退するようになっているが、こうなると、そのむっちりした肉が、痩《や》せた今どきの若者より何倍も女っぽい気がしてくる。なおさら見知らぬ男に抱かせるのが惜しくなる。

かといって、たった今、明子が部屋から押し出されて部屋に戻ってきて学人を求めたら、勝手なようだが、やはり、勘弁してくれと言いたくなるだろう。

現場に乗り込んでみたいという気持ちを抑え、踵《きびす》を返した。

部屋に戻る途中、彩音達の部屋が〈桔梗〉の間だと、仲居に聞いたのを思い出した。

囲炉裏から廊下は真っ直ぐに延びているが、途中で左右に分かれる。そこに部屋の案内板などないので、自分たちの部屋とは反対の左に曲がってみた。部屋数はたかが知れている。

一番奥が〈桔梗〉の間だった。

4

ドアをノックしようとして、学人はためらった。

宿についていて、あまり時間が経っていない。ふたりは庭の露天風呂に入っている最中かもしれない。誰でも、ここに泊まれば、まずは専用庭の露天風呂でくつろごうとするはずだ。

ノックをやめてノブに手を下ろし、そっとまわした。

鍵が掛かっているものとばかり思っていた学人は、ノブが動き、ドアが開いたとき、ギヨッとした。

そのままドアを閉めて戻るべきだとわかっていても、彩音は憧れの女で、涼子とは講習の名目で何度もセックスをした相手だけに、ドアのすぐ内側の襖《ふすま》が閉まっているとわかると、つい中に入り込んでしまった。

「あは……」

「んんっ……」

奥からかすかに聞こえてきた妖しい声に、学人の全身が汗ばんだ。

学人達の〈竜胆〉の間は、ドアを開けてすぐの襖の奥に八畳の和室があり、さらにその横が六畳半ほどの和室で、そこに小さな囲炉裏がある。

〈桔梗〉の間が同じ造りか、やや異なっているのかわからないが、ふたりの声は手前の部屋ではなく、もう少し奥から聞こえてくるような気もする。

真冬というのに学人は汗ばみながら、襖を一センチばかり神経を集中させて開けた。

ふたりのバッグが座卓の脇に置いてあるだけで、人影はない。

「あう……」

さらに襖で仕切られた隣の部屋があり、そこから、あの声が洩れている。

進むべきか退くべきか、好奇心と不安の渦巻く中、このまま戻ろうにも、奥からの磁力が強すぎる。学人は進むことにした。とはいえ、無断で女ふたりの部屋に侵入したのを知られるとまずい。

息を殺して、やっと躰が入るだけ、最初の襖をあけた。

まずは八畳の間に入り込むのに成功した。

「ああん……あは……あう」

妖しい声が大きくなった。

次の間の襖に体を張りつかせ、中のようすを窺った。

「いい……これ、いいわ……あう」

彩音の声だ。

「そんなにいい？」

涼子の声が続いた。

学人は中で何が起こっているか想像した。

まだ、まさか……という気持ちが強い。だが、女同士で躰をまさぐり合っているとしか思えない。

そんな仲だったのかと、あまりに意外すぎて混乱している。

いくら未亡人で欲求不満とはいえ、わざわざ女同士でいじり合わなくても、いくらでも相手になってくれる男はいるはずだ。涼子は学人とセックスしている。ということは、少なくとも涼子は両刀遣いということだ。

彩音に同行する売り上げナンバーワンが涼子だったので、やむなく女同士でしているということか……。

「いい……これ、売るのが惜しいわ……中も外もジンジンして、心まで溶けてしまいそうよ……ああっ……夢の中にいるみたい」

彩音がゾクリとする色っぽい声で言った。

（何をしているんだ……俺の知ってる商品を使ってるのか？）

学人は〈濡れめしべ〉ではないと思った。他に、女の使う商品といえば〈天女《てんにょ》の秘蜜《ひみつ》〉か〈クリクリころり〉か。それなら、今さら、売るのが惜しいというのもおかしい。

「何もしなくてもいいわ……ああっ」

また彩音の声がした。

「そんなこと言わないで。これ、ピンク色で可愛いわ。黒いのはちょっとグロテスクよね。もし、ブルーやグリーンなんてのがあったら、植物的というか、遠い宇宙から来たわけのわからない生物みたいで気色悪いわ。私はやっぱりピンクが好き。せっかくだから、試させて」

涼子が言った。

「あう……ああっ……これだけでもいいの……これ、すごくいい感触よ……ああっ、たまらないわ」

彩音の喘ぎで、学人の肉茎が反り返った。

何とか中を覗きたい。だが、襖を開ける勇気はない。覗きを知られたら、即座にクビになるかもしれない。

この仕事がなくなったら、生きる気力を失いそうだ。夢のような仕事は絶対に手放したくない。しかし、やはり覗きたい。

学人のいる八畳間から檜の浴室に行ける。その浴室から庭の露天風呂にも行けるようになっている。彩音達のいる六畳間からも庭に出られるはずだ。ということは、庭に出れば、もしかしたら室内を覗けるかもしれない。

学人は浴室に行き、庭に出るためのドアを開けて外に出た。

室内とちがう寒さにブルッと震えた。勃っていた肉棒が縮んだ。

学人達の部屋の庭より広く、露天風呂もやや大きめだ。外部の者から覗かれないように竹垣で囲まれ、その内側に、常緑樹や灯籠《とうろう》などがある。

寒さに震えたのはほんのひとときで、木陰からガラス戸越しに六畳間を覗いた学人は、何も身につけていない彩音と涼子が、ピッタリとくっついている姿に汗ばんだ。

せいぜい三十半ばにしか見えない彩音は、その躰も引き締まっていた。それでいて、ほどよい肉づきで熟女の見本のようだ。乳房もツンと張っている。濃いめの翳りの涼子に比べ、薄めのようだ。

その彩音が仰向けになり、腰にペニスベルトをつけた異様な姿の涼子から女壺を突かれている。

股間からピンクのペニスを生やした涼子が主導権を握っているように見えるが、八畳間で聞いた会話からすると、力関係は同等なはずだ。

涼子の腰が浮くと、ふたりの肌の間に隙間ができ、疑似ペニスの付け根が見える。あるはずのない涼子の股間のペニスがピンク色だけに、実際に生えているようにも見える。

（俺がいるのに、どうしてわざわざ女同士でそんなことをするんだ……）

もったいないじゃないか、バカバカしいじゃないかと言いたくなる。

躰を曲げた涼子が、彩音の乳首に口をつけた。彩音の喉が伸び、顎を突き出して身悶えた。


庭に面したガラス戸を閉めているので声が聞こえない。

映像だけのアダルトビデオを見ているようで、欲求不満になりそうだ。画像だけでは興奮が半減する。それ以上に不満がつのる。

涼子は躰を起こすと、また腰を浮き沈みさせた。だが、元々ペニスなどない女だけに、邪魔なものをつけた腰の動きはスムーズにいかないようで、動きがぎこちない。そして、数度出し入れすると、つい止まってしまう。

外気の冷たさに縮んだ学人のペニスは、いつしかグイッと反り返っている。トランクスの中で、鈴口からしたたる透明液が亀頭を濡らしているのがわかる。

（チクショウ！　ここに本物があるぞ）

露天風呂の湯気が風にあおられ、木陰に隠れている学人を包むと、裸になって飛び出したい衝動に駆られた。

彩音の女壺からペニスを抜いた涼子が仰向けになった。彩音が涼子を跨いで、ペニスの先を秘口につけ、ゆっくりと腰を沈めていった。すっかり肌を密着させると、腰を揺すりたてた。それから腰を浮かし、また沈めた。

彩音が楚々《そそ》とした上品な女だけに、腰の動きがよけい、いやらしく見える。彩音の腰の動きもどこかしら不自然で、ペニスが偽物だけに、やりにくいのかもしれない。

下になっている涼子が彩音の秘園に手を伸ばし、指先で円を描くように動かし始めた。肉のマメをいじっているのだとわかり、学人の鼻腔が熱くなった。鼻血が出てきたのではないかと、慌てて鼻を押さえた。

彩音は腰を動かすのをやめて、のけぞっている。眉間の小さな皺と半びらきの唇がセクシーすぎる。

喘ぎながら、イク、イク、イキそう、と言っているような彩音の口許の動きと、いい？　いい？　いいの？　とでも言っているような涼子の唇に、学人は拳を握った。

ふたりにためらいがない以上、こんなことをするのは今日が初めてではないはずだ。せっせと各地を営業をしているときに、ふたりは毎日のように事務所で、こんなことをして楽しんでいたのではないか。男とのセックスなら、男に対して怒りの炎が燃え上がるかもしれないが、女同士とあっては、まだ救いがある。しかし、どうせそんなことをするなら、ここにちゃんと男がいるじゃないかと言いたかった。

そのとき、彩音が気をやって硬直した。

口をあけて顎を突き出し、細かく痙攣しているようすもわかった。

股間が痛かった。いつでも本番ＯＫの剛棒がひくついているというのに、女の手で昇り詰めてしまった憧れの彩音を見ていただけの自分が情けなかった。

彩音と繋がっていたピンク色の疑似ペニスを女壺から抜いた涼子は、それを腰から外した。そして、彩音の横に並んで仰向けになり、疑似ペニスの亀頭を女園に当てて、こねまわしはじめた。

指の代わりに、彩音の秘壺に入っていたペニスで肉のマメを刺激しているのだと思うと、また学人は熱くなった。

やがて彩音が半身を起こし、涼子の握っていたペニスを自分が持ち、同じ行為を続けた。

涼子の足が突っ張っている。

もうすぐ? 彩音の唇がそう動いた。

涼子の胸が浮き上がった。総身がガクガクと痙攣した。

涼子もイッてしまった。

ふたりはしばらく横になっていたが、どちらからともなく起きあがり、ガラス戸を開けて、露天風呂に飛び込んだ。

「いい気持ち!」

「ここは最高!」

ふたりは、まるで女学生のようにはしゃぎながら、肩まで湯に浸かった。

5

学人は我慢できなくなった。

すでに股間のものが屹立しているというのに、ジャケットのポケットに入れていた〈珍辰〉を飲み干した。そして、木陰に隠れたまま、素早く服を脱いだ。

〈珍辰〉は、中国四千年の歴史ある漢方と、チベット奥地でしか手に入らない貴重な薬草を混ぜて作られた、ペニスの硬度と持続力アップの精力強壮剤で、そこら辺で売っている強壮剤とは値段も質もまったくちがう。

元気堂の数ある商品の中でもベストワンの人気商品だけに、効き目は完璧だ。

アヌスのあたりが熱くなり、それが股間に移り、ますます力が漲《みなぎ》ってくるのがわかる。

「背中を流しに参りました」

素っ裸で背後から飛び出してきた学人に、ふたりは凍りつき、瞬時に声が出せないでいる。

「いくら声をかけても返事がなく、ドアが開いていましたし、緊急事態かと入ってきたんですが、やっぱり緊急事態でした」

学人は興奮に喘ぎながら、一気に言った。

「拝見しました。偽物のペニスを使うぐらいなら、この本物を使って下さい。いただいた〈珍辰〉を飲みましたから、朝まで大丈夫です」

学人はほっぺたをひっぱたかれるのを覚悟で、ふたりの入っている風呂に飛び込んだ。

「奥様は……？」

彩音が湯に浸かっている乳房を両手で隠し、目を見ひらいたまま尋ねた。

「玄関脇の囲炉裏で休んでいた男がいたでしょう？　そのひとり旅の男に夢中になって、今ごろその男の部屋でセックスしていると思います」

「どういうこと？」

「だから、急に他の男に夢中になって、部屋に案内されるとすぐに出ていきました。男と落ち合って、その男の部屋に入ったのも確かめました。だから、この部屋に来てみたんです。開いているとは思いませんでした。強盗にでも入り込まれて、おふたりの一大事かと思って」

「素っ裸で、何がふたりの一大事よ。一大事はあなたの下半身でしょ」

涼子は反り返った学人の一物を眺めながら、呆れている。

「〈珍辰〉は今夜のために、奥様と楽しんでもらいたいと思って渡したのよ」

彩音も股間に視線をやって、信じられないという顔をしている。

「女房は他の男に首ったけですから」

「ひょっとして……ひとり旅の人に〈ゲンジー〉でも振りかけて、奥様に嗅がせたんじゃないの？」

ズバリ当てられ、学人はコクッと喉を鳴らした。

贅沢な旅館で、朝まで明子にせがまれるのを想像した学人は、こっそりと〈ゲンジー〉を用意していた。だが、安易には使えない。しかし、宿に着くなり、ひとり旅の男がいた。

明子を男とふたりきりにさせるために、学人はトイレに行く振りをし、男の後ろに立つと、ポケットに忍ばせておいた〈ゲンジー〉の蓋を素早く取り、男のコートの背にかけた。

それから、足早にトイレに行く振りをし、こっそりと明子を観察した。

明子は小首を傾げるようにして、男を眺め、やや顔を突き出すようにした。匂いを嗅いでいるような明子のしぐさに、

（そうだ、イケ、〈ゲンジー〉。イケイケ。全部、明子に嗅ぎ取らせろ）

学人は、まばたきもしないで明子に見入った。

金沢の香林坊で店をやっているママの瑞絵が、惚れ薬に興味を示したことがあった。男が嗅げば女に惚れるという〈妖気妃〉を買ってもらう前に、学人が自分の躰に〈ゲンジー〉を振りかけて瑞絵に嗅がせ、間違いなく効くということを知ってもらい、〈妖気妃〉

を大量に買ってもらうことができた。

思い返すと、それが元気堂に入社しての初仕事だった。

だから学人は、〈ゲンジー〉の即効性を承知の上で男に振りかけ、明子に嗅がせて惚れさせたのだ。

少なくとも半日、あの男に狂っているだろう。男が遠慮しても、明子は躰の奥底から湧き上がってくる恋情をどうすることもできず、あの手この手で誘惑し、迫っていくはずだ。

「そうなの？〈ゲンジー〉を使ったの？」

彩音は相変わらず乳房を隠して訊いた。

「まあ、そういうことです……せっかく社長や涼子さんといっしょの宿に泊まっているのに、朝まで女房に迫られてはかないませんから。それに、新製品を試すには、女ふたりより、男も加わったほうがいいかと……さっきおっしゃってた売るのが惜しいというのは、どんな商品ですか。聞こえてしまいました」

本当は新製品のことなど、どうでもいい。〈珍辰〉が効いているので、早くナニをしたくてたまらない。持続力が長いので慌てることはないが、熟した美女が目の前で素っ裸になっているのだから、冷静に話していられるのが不思議だ。

「奥様に〈ゲンジー〉を嗅がせてしまったなんて、酷い人ね。半日はその人に夢中なのよ。いいの？　しかたないわね……しばらくここにいたら？　だけど、新製品は女の使うものなの。それもひとりのときに、いい気持ちになるものなの。オナニーをしなくても、塗るだけでいい気持ちになれるもので、それ試せるのは社長と私ね」

　涼子が言った。

「そうなの、〈ヌメール飛雲閣《ひうんかく》〉、っていう製品なの」

「はっ？」

「〈ヌメール飛雲閣〉よ」

　また涼子が繰り返した。

「京都の飛雲閣という建物の美しさは、お浄土の素晴らしさを表しているとも言われてるわ。つまり、〈ヌメール飛雲閣〉は、そのものズバリ、極楽の心地よさを味わってもらう製品なの。塗るだけで、オユビアソビなんかしなくても気持ちのいい世界を、雲のようになって漂うことができるの」

　オユビアソビと言われ、学人の肉茎がヒクッと弾んだ。

　襖の陰で聞いた彩音の言葉に、『何もしなくても、これだけで気持ちいい』と言っていたのは、そういうことだったのだ。

「あんまり気持ちよさそうだから、新製品のレズ用の腰につけるバイブで、ついつい責めちゃったわ。男もいいけど、女もいいわ」

涼子がクスッと笑った。

　ふたりは元気堂の製品に自信を持ち、仕事にも誇りを持っているだけに、堂々と話す。素っ裸で突然現れた学人には驚いたようだが、非難する気はなさそうだ。それがわかった学人は、ふたりの真ん前に立ち、腰を突き出した。

「元気堂の社員ということに感謝しています。ぜひお礼として、これでお返しさせて下さい」

「お礼ですって？　ご褒美をもらいたいくせに」

　年下の涼子が、まるで年下に対するように言い、ククッと笑った。

　図星だけに、返す言葉がない。

「私は今も気持ちがいいから、何もしなくていいわ」

　彩音は、がっかりするようなことを言った。涼子ともしたい。だが、やっと訪れたこの機会に、何としても彩音と交わってみたい。

「いくら露天風呂が気持ちいいと言っても、いつまでも浸かっていたらのぼせるでしょう？」

「そうじゃないわよ。社長は、〈ヌメール飛雲閣〉で、しばらく夢の世界なの」

　涼子がまたククッと笑った。

「あそこに塗るんですか……？」

「ええ、内側と外側に……」

彩音が恥じらいながらも口にしたのは、営業にまわる学人に商品の説明はしておかなくてはならないと思ったからだろう。

「塗ったものなら、すぐに落ちます」

「いいえ、粘膜への吸収がいいから。お風呂に入る前から、そんなもの、残ってないわよ。うちで取り扱う商品は質がいいんだから」

涼子は呆れた顔で言ったあと、目の前の学人の肉茎を掌に載せて眺めた。あたたかい掌の上で、電池仕掛けのオモチャのように、肉マツタケが二、三度跳ねた。

「キャッ、可愛い」

可愛いという言葉をビンビンに勃起している肉棒に使われたのでは、小さいと笑われているようで情けなくなる。

「なんだか、入社したすぐよりたくましくなったんじゃない？　あのとき、いろいろと試してみて持続力も硬度も増したのはわかってるけど、今のほうがうんと凄いわ。色艶も何倍もよくなってるみたい」

「ほんと、初めて拝見したけど、なかなか色も形もいいわ。〈珍辰〉がなくても、それなりにご立派じゃないの？」

彩音までしげしげと眺めはじめると、肉マツタケは食べてくれと言わんばかりに、涼子の掌の上で、ピンピンと踊った。

「あらあら、元気。ジュースまで出してるわ」

鈴口からしたたるカウパー氏腺液を、涼子がペロリと舐めた。それから、パックリと口に入れてしまった。

「うっ」

いきなり始まったフェラチオに、学人は息を止めた。

舌が動き、亀頭やエラの裏側、側面を舐めまわした。懐かしい涼子からの口戯にうっとりしていると、

「美味しいの？」

彩音が涼子の横から手を出し、玉袋を、やんわりともてあそびはじめた。

「おおっ」

美女ふたりからのサービスに、夢と現《うつつ》の境のない時間が流れ始めた。

学人は彩音の乳首に手を伸ばして、いじりまわした。

「んふ……」

彩音の鼻から、ひそやかな喘ぎが洩れた。

丸くなった涼子の唇が、学人の肉マツタケの側面をしごき立てながら、舌をチロチロと動かして、もうひとつの刺激を与えてくる。涼子の口の中で、ますますエラが張ってきた

ような気がした。

「私のアソコがムズムズしてきたわ。ムズムズを治してくれる？」

剛棒を離した涼子は、露天風呂を囲っている大小の石のひとつを抱くようにして、ツンと豊臀を突き出した。

バックから挿入しろということだ。形のいい尻が温泉の湯でほんのりと色づいて、いかにも美味そうだ。

学人はさらに腰を掬《すく》い上げた。尻の間から、翳りに囲まれた肉アワビもよく見えるようになった。指で探ると、すぐにぬめりに触れた。

タラタラとヨダレを垂らしている剛直を秘口にあてがい、腰を押しつけた。

「あはっ……」

涼子が気持ちよさそうな声を上げながら、背中を弓形に反らした。

滾った肉ヒダを押し広げながら肉茎を沈めていくと、故郷に戻ってきたような懐かしさを覚えた。

去年の春、講習の名目で一週間もの間、このぬくもりに酔うことができた。あれから、出張のたびにいくつもの蜜壺を味わってきたが、やはり涼子のものは味わいがある。

沈めているだけで気持ちがいい。

じっとしていると、彩音が後ろから股間に手を入れ、また玉袋をいじりはじめた。

「うっ……」

「ふたつのオタマがキュッと上がってるわ」

嬉しそうな口調で言うと、モミモミとやりはじめた。

背後から手を入れられるとは思っていなかっただけに、ドッと汗が噴き出した。

「おおおおっ」

玉袋だけでなく後ろのすぼまりまで、もう片方の手でいじりはじめた彩音に、学人は身動きできなくなった。

「あら、私の中でボウヤがふくらんだり、クイクイと動いたりしてるわ」

涼子が肩越しに振り返って笑った。

彩音の柔らかすぎる指が、すぼまりの周辺から中心に向かって責めてくる。実にゆっくりした動きだ。よけいにゾクゾクする。

「うっ」

ついに中心の蕾までやってきた指は、中に入り込もうとする素振りを見せた。

「やめろ……」

学人は尻を振った。すると、今までとはちがう、もっと柔らかく生あたたかいものが、中心に触れた。眩暈《めまい》がしそうだ。

彩音が舌を伸ばしてそこに触れているとわかると、〈珍辰〉を飲んでいるにも拘わらず、学人は早々に射精しそうな気がした。

　前は涼子の蜜壺に咥え込まれ、後ろは彩音の舌で舐めまわされていると、この世の天国だ。しかし、このままじっとしているわけにはいかない。かといって、腰を動かせば、彩音を尻で押し倒してしまうかもしれない。

「社長、それは……うっ……ちょっと待って下さい」

　涼子と合体したまま、右手を後ろにやって彩音の顔をやんわりと退けた。それから、涼子の女壺をひとしきり突いた。

「あう！　あう！　んんっ！」

　涼子の声が心地よいと思ったのはひとときで、あまり派手な声を出すと宿中に聞こえるのではないかと不安になった。

　一物を抜いて涼子を回転させた。正面から立ったまま合体した。

「首に手をまわして離れないようにしろよ」

「えっ？」

「離れてしまうのももったいない。駅弁スタイルで部屋に入ろう。露天風呂もいいが、風邪をひくとまずい。社長、部屋に入りませんか？」

　涼子の右足、左足と掬い、露天風呂から出た。

「もう少し浸かってからにするわ」

彩音は学人の玉袋をいじっていたことも忘れたように、肩まで湯に浸かった。〈ヌメール飛雲閣〉のせいで、男がいなくても心身共に幸福感を味わっているのかもしれない。

同時にふたりの女と楽しむのもいいが、ひとりずつでもかまわない。この雰囲気なら、後で彩音との合体も可能だと感じ、学人は、まずは涼子と楽しむことにした。

「躰を拭かなくっちゃ」

合体したまま、無事に部屋に着くと、涼子がタオルに手を伸ばした。学人の背中を涼子が拭き、涼子の背中を学人が拭いた。そして、横になった。

「そうそう、忘れないうちに言っておくけど、今朝、元気堂に寄ったとき、福岡の松平クリニックの女医さんから、近々来てほしいと留守電が入ってたわ。ご指名よ。やけに気に入られてるみたいね」

赤いヒールを履いていた名器の持ち主、智香からだ。また診療所で、猥褻なお医者さんゴッコができる。学人はワクワクした。

「ふふ、女医さんにも気に入られたのね。見かけによらずいけない人。奥さんにもこんなところで〈ゲンジー〉を嗅がせてしまうなんて。ほんとは、ここに忍び込むのが目的だったんでしょう？　〈ゲンジー〉の効き目が切れたらどうするつもり？　奥さんの記憶はしっかりと残るのよ」

「寛大すぎる夫として、許してやればいいんだ。これで女房も、僕にあんまり煩《うるさ》いことを言えなくなるはずだ」

「ますます悪い人。社長も、こんなに悪い人とは思ってなかったはずよ」

「悪い人か……一度でいいから、心底、女性にそんなことを言われてみたいな。まあ、この顔じゃ、無理だとわかってる。でも、元気堂に勤めている限り、奇跡が起きる。奇跡の中で生きてるありがたさを思うと、うんと会社のためにがんばらなくちゃと思うんだ」

「ふふ、いい心がけだわ。自分の分をわきまえてる人間は賢《かしこ》いの。あなたは可愛いワルだし、ちゃんと信用できるわ。これからは新しい商品を試すときに相手になってもらおうかしら。いい？」

願ってもないことだ。またも幸運が舞い降りてきた。

「実験台でも何でも、元気堂のためなら……いや、涼子さんのためなら……」

「社長のためにも、でしょ？　あとで3Pしましょ。3Pのための商品が入ってきたの」

そんなものがあるのかと、学人は信じられない気がしたが、そんなものがあろうとなかろうと関係ない。3Pさえできれば言うことなしだ。ついに彩音とも合体できる。どんな秘園の感触だろうと、期待でのぼせそうになった。

「あなたって不思議な男ね。この部屋に勝手に侵入してきてこんなことしてるのに、まったく危険性を感じないわ。社長の勘もたいしたものよ。社長の雇う人ってまちがいないの。あなたとは男女を越えたセックスができそうだわ。たまには楽しみましょ」

涼子が下からクイクイと腰を突き上げた。

男女を越えたセックスとはどういうことか。男と見られていないということか。しかし、それなら、セックスなどする気にならないだろう。

（そんなことはどうでもいいか。この素晴らしいボディの持ち主と、ときどきセックスできる。これから社長とも３Ｐだ。よけいなことは考えるだけ無駄だ）

学人も涼子の動きに合わせて腰を動かした。

庭の露天風呂から、彩音がこちらを眺めている。彩音との３Ｐに胸弾ませている学人は、気持ちのよい行為を見せつけようと、ますます張り切って腰を動かした。

エピローグ

仲居に時間指定しておいた夕食の七時に辛うじて部屋に戻ってきた明子は、今まで学人が彩音達の部屋で楽しんでいたことには気づいていない。

「ずいぶん長い風呂だったな。どの風呂がそんなによかったんだ？」

明子の顔は強ばっていた。

「私……ついに運命の人に巡り合ってしまったの……生まれたときから……いえ、生まれるずっと前から、赤い糸で結ばれていた相手と、こんなところで偶然巡り合ってしまったの」

ついに覚悟を決めたという顔で、明子は豪華な料理に手をつける前に、大きく息を吸って告白した。学人はむろん、驚かなかった。

「あなたは私を殴《なぐ》るかもしれないけど……」

「暴力は嫌いだし、まちがっても女を殴ったりはしない」

「殴られてもいいの。私、運命の人と残りの人生を暮らしたいの。子供は私が引き取るわ。そしたらあなた、再婚しやすいでしょうし」

そこまで考えてるのかと、〈ゲンジー〉のせいとわかっているものの、少し男に嫉妬した。

「いきなりそういうことを言われて面食らってるんだ。どんな男なんだ」

学人は役者になったつもりで芝居した。

「ここに着いたとき、玄関近くの囲炉裏に座っていた人よ。リストラされてどん底で、これからの人生を考えるためにここに来たんですって。もう二度とこんな贅沢なところには泊まれないかもしれないし、現金が残っているうちにって。私、彼の仕事が見つかるまで、うんと働いて食べさせてあげるわ。だって、彼は私といっしょになるために、この世に、私と同じ時代に生まれてきて、ようやく今日神様に、ここで巡り合わせてもらうことができたんだもの」

明子はとことん男に惚れ抜いて、これぞ運命の人と思い込んでいる。半日すぎたら、本当に効き目がなくなるのかと疑いたいほどだ。しかし、〈ゲンジー〉を嗅がせたのは学人。どうなるか見守るしかない。

常々、明子から逃れたいと思っているものの、本当に見知らぬ男の元に行ってしまった場合のことを考えると、ちょっと待ってくれと言いたくなる。

セックスはあまり求めないでほしいが、その他のことは、ほぼ満足している。性格もまあまあではないかと思えてくるから勝手なものだ。

「おまえがこんなに真剣な顔をしたのを見たことがないし、冗談じゃないみたいだな。わかった。そんなに言うのなら、いくら俺が引き留めても無理だな。明日の朝まで考えが変わらなかったら、好きなようにしろよ」

全身に力を入れていた明子が、フッと力を抜いた。

「どうして怒らないの？」

やけに意外そうだ。

「人生、どうにもならないことがあるさ。まずは飯を食おう。な？　こんなご馳走、めったに食えやしないぞ。相手がリストラ中じゃ、なおさら、こんな美味いものは食えなくなるぞ」

この世の女神と思っていた彩音ともついに合体することができて、女ふたりを相手にしただけに、腹がペコペコだ。

「案外やさしい人だったのね……ありがとう」

明子は礼まで言って食事に手をつけたが、終わると、そそくさと男の部屋に出かけてしまった。

学人も彩音達の部屋に行き、食前の楽しみの続きを再開した。

ようやく拝むことのできた彩音の秘園はゼリー菓子のように美しく、やわやわとしていて、こんなにも絵に描いたようにみごとな女の器官があるのかと驚くばかりだった。翳りの感触、縮れ具合まで、文句のつけようがない。

肉ヒダに指を入れると溶けそうな気がした。肉茎を挿入すると、これまた溶けていきそうな気がした。

剛棒が溶け、やがて全身が溶け、女の器官に吸収されて、彩音がより若々しく輝くための栄養分になってしまうのではないかと錯覚した。しかし、それならそれで本望だ。彩音の躰の一部になれば、至福のときが永遠に続くのだ。

涼子が騎乗位になって学人と合体し、仰向けになっている学人の顔を彩音が跨いだときは、この世の天国か竜宮城かと歓喜した。

たとえ、最高級VIP待遇の風俗店があったとしても、これだけいい女がいっしょにサービスしてくれることはないはずだ。

(死ぬぞ、死ぬぞ……今なら死んでもいいぞ。俺は世界一幸福な男だ。夢なら覚めるな)

学人の頭はピンク色に染まっていた。

朝までふたりといっしょにいたかったが、〈ゲンジー〉が切れたあとの明子のことが気になり、零時に部屋に戻った。

明子は午前三時に、薄明かりのついた部屋に、まるで忍び込むようにして、こっそりと入ってきた。

「もう二度と戻ってこないかと思った。どうしたんだ」

「起きてたの……？」

明子がハッとしたのがわかった。

「これからおまえと子供のいない人生を、ひとりでどう過ごせばいいかと考えていたところだ」

明子はしょげているように見えるが、男に本気で惚れていたらどうしようと、学人はこれからの明子の言葉が少しばかり不安だった。

「待って……私、どうかしてたの……自分でもわからないの。どうして急にあの人を運命の人と思ってしまったか……さっき、あの人に、妻子がいるし捨てられないと言われて……私も、まるで夢から覚めたみたいに、急に気持ちが褪《あ》せてしまったの……自殺するつもりで最後の旅をしていたと言われたときは、絶対に私がいないとダメダと思ったのよ……それなのに」

〈ゲンジー〉効果が消えたのがわかり、学人はホッとした。

「そうかそうか、おまえ、風呂に浸かりすぎて、ボーッとして、何か夢でも見てたんじゃないのか？　何時だと思ってるんだ。さっさと寝ろよ」

学人は布団を被ってニヤリとした。

「それだけ？　それだけしか言わなくていいの？」

明子が布団をまくり上げた。

「人生いろいろ。夢もいろいろ。夢ならいろいろあるだろうさ。寝るぞ」

また学人は布団を被った。

明子が男に夢中になっている間、学人は彩音と涼子相手に、夕食の前後、腰が抜けるほど楽しんだ。明子の〈ゲンジー〉効果が消えたとわかれば、後は朝まで熟睡するのみだ。

「ほんとに夢ってことでいいのね？」

また明子が布団をはぐった。

「だって、夢でも見てたんだろう？ ともかく、現実でも何でも夢にしろ。寝るぞ」

布団を被ろうとすると、明子が完全に布団を剝ぎ取った。

「私を許してないのよ。許すはずがないわ。無視してるつもりでしょ？」

胸を喘がす明子は、服を脱ぎはじめた。

「ほんとに許してくれたのなら、抱いて。抱けるなら許してくれてる証拠よ。だめなら、やっぱり許してないってことだわ。私を汚《けが》らわしいとでも思ってるんでしょう？」

素っ裸になった明子が、学人の浴衣を強引にひらいた。トランクスはつけていない。股間のものは、今はおとなしく縮んでいる。

「ちょっと待ってくれ。ひと眠りしてから……」

「だめ！ 許したって証拠を見せて」

柔らかい肉茎を握られ、学人はこんなはずでは……と、焦った。

（もう一瓶、〈ゲンジー〉を用意しておくんだった。そしたら後十二時間効いたのにな……）

学人はこの旅行から戻ったら、すぐに博多に出張しようと思った。そこで出会った赤いヒールの女医とのお医者さんゴッコでも想像しながら、今は、この苦行を乗り切るしかない。

握ったフニャフニャの一物を、明子が口に入れて吸い上げた。少しずつムスコが立ち上がってきた。

（この作品『柔肌まつり』は平成十五年三月、双葉社から
『柔肌いじり』として文庫判で刊行されたものです）

柔肌まつり

一〇〇字書評

切り取り線

購買動機（新聞、雑誌名を記入するか、あるいは○をつけてください）

□（　　　　　　　　　）の広告を見て	
□（　　　　　　　　　）の書評を見て	
□ 知人のすすめで	□ タイトルに惹かれて
□ カバーがよかったから	□ 内容が面白そうだから
□ 好きな作家だから	□ 好きな分野の本だから

●最近、最も感銘を受けた作品名をお書きください

●あなたのお好きな作家名をお書きください

●その他、ご要望がありましたらお書きください

住所	〒				
氏名		職業		年齢	
Eメール	※携帯には配信できません		新刊情報等のメール配信を希望する・しない		

あなたにお願い

この本の感想を、編集部までお寄せいただけたらありがたく存じます。今後の企画の参考にさせていただきます。Eメールでも結構です。

いただいた「一〇〇字書評」は、新聞・雑誌等に紹介させていただくことがあります。その場合はお礼として特製図書カードを差し上げます。

前ページの原稿用紙に書評をお書きの上、切り取り、左記までお送り下さい。宛先の住所は不要です。

なお、ご記入いただいたお名前、ご住所等は、書評紹介の事前了解、謝礼のお届けのためだけに利用し、そのほかの目的のために利用することはありません。またそのデータを六カ月を超えて保管することもありませんので、ご安心ください。

〒一〇一－八七〇一
祥伝社文庫編集長　加藤　淳
☎〇三（三二六五）二〇八〇
bunko@shodensha.co.jp

祥伝社文庫

上質のエンターテインメントを！　珠玉のエスプリを！

祥伝社文庫は創刊15周年を迎える2000年を機に、ここに新たな宣言をいたします。いつの世にも変わらない価値観、つまり「豊かな心」「深い知恵」「大きな楽しみ」に満ちた作品を厳選し、次代を拓く書下ろし作品を大胆に起用し、読者の皆様の心に響く文庫を目指します。どうぞご意見、ご希望を編集部までお寄せくださるよう、お願いいたします。

2000年1月1日　　祥伝社文庫編集部

柔肌《やわはだ》まつり　長編官能ロマン

平成20年10月20日　初版第1刷発行

著　者　藍《あい》川《かわ》　京《きよう》

発行者　深澤健一

発行所　祥《しよう》伝《でん》社《しや》

東京都千代田区神田神保町3-6-5
九段尚学ビル　〒101-8701
☎03(3265)2081(販売部)
☎03(3265)2080(編集部)
☎03(3265)3622(業務部)

印刷所　堀内印刷

製本所　関川製本

ISBN978-4-396-33459-8　C0193

祥伝社のホームページ・http://www.shodensha.co.jp/

祥伝社文庫

藍川 京 蜜の狩人

小悪魔的な女子大生、妖艶な女経営者…美女を酔わせ、ワルを欺《あざむ》く凄腕の詐欺師たち！ しょせん、悪い奴が生き残る！

藍川 京 蜜の狩人 天使と女豹

高級老人ホームに標的を絞った好色詐欺師・鞍馬。老人の腹上死を画す女・彩子と強欲な園長を欺く、超エロティックな秘策とは？

藍川 京 蜜泥棒

好色詐欺師・鞍馬郷介をつけ狙う謎の女。郷介の性技を尽くした反撃が始まった！「蜜の狩人」シリーズ第3弾。

藍川 京 ヴァージン

性への憧れと恐れをいだく十七歳の美少女、紀美花。つのる妄想と裏腹に今一つ勇気が出ない。しかしある日…

藍川 京 蜜の誘惑

清楚な美貌と淫蕩な肉体を持つ女理絵《りえ》。彼女は莫大な財産を持つ陶芸家を籠絡し、才能ある息子までも肉の虜にするが…

藍川 京 蜜化粧《みつげしょう》

憎しみを抱いた男の後妻に心を奪われた画商・成瀬一磨。その美しくも妖しい姿態の乱れる様を覗き見たとき……

祥伝社文庫

藍川 京　蜜の惑い
男に金を騙し取られイメクラで働く人妻真希。欲望を満たすために騙し合う女と男のあまりにもみだらなエロス集

藍川 京　蜜猫
妖艶、豊満、キュート。女の魅力を武器に詐欺師たちを罠に嵌める、痛快にしてエロス充満の長編官能ロマン

藍川 京　蜜追い人
伸子《のぶこ》は夫の浮気現場を監視する部屋を借りに不動産屋へ。そこで知り合う剣持《けんもち》遊也《ゆうや》。彼女は「快楽の天国」を知る事に…。

藍川 京　蜜ほのか
迫る女、悦楽の女、届かぬ女……。男盛りの一磨が求める「理想の女」とは？　傑作『蜜化粧』の主人公・一磨が溺れる愛欲の日々！

菊村 到ほか　秘本 禁色《きんじき》
菊村到・藍川京・北山悦史・中平野枝・安達瑶・長谷一樹・みなみまき・夏樹永遠・雨宮慶

北沢拓也ほか　秘本 陽炎《かげろう》
北沢拓也・藍川京・北山悦史・雨宮慶・睦月影郎・安達瑶・東山都・金久保茂樹・牧村僚

祥伝社文庫

睦月影郎ほか　秘本Z
櫻木充・皆月亨介・八神淳一・鷹澤フブキ・長谷一樹・みなみまき・海堂剛・菅野温子・睦月影郎

藍川京ほか　秘本卍《まんじ》
睦月影郎・西門京・長谷一樹・鷹澤フブキ・橘真児・皆月亨介・渡辺やよい・北山悦史・藍川京

櫻木充ほか　秘戯S(Supreme)
櫻木充・子母澤類・橘真児・菅野温子・桐葉瑶・黒沢美貴・隆矢木士朗・高山季夕・和泉麻紀

草凪優ほか　秘戯E(Epicurean)
草凪優・鷹澤フブキ・皆月亨介・長谷一樹・井出嬢治・八神淳一・白根翼・柊まゆみ・雨宮慶

牧村僚ほか　秘戯X(Exciting)
睦月影郎・橘真児・菅野温子・神子清光・渡辺やよい・八神淳一・霧原一輝・真島雄二・牧村僚

睦月影郎ほか　XXX《トリプルエックス》
藍川京・館淳一・白根翼・安達瑶・森奈津子・和泉麻紀・橘真児・睦月影郎・草凪優